纸上建筑

白纸行黑字

沙页翻长河

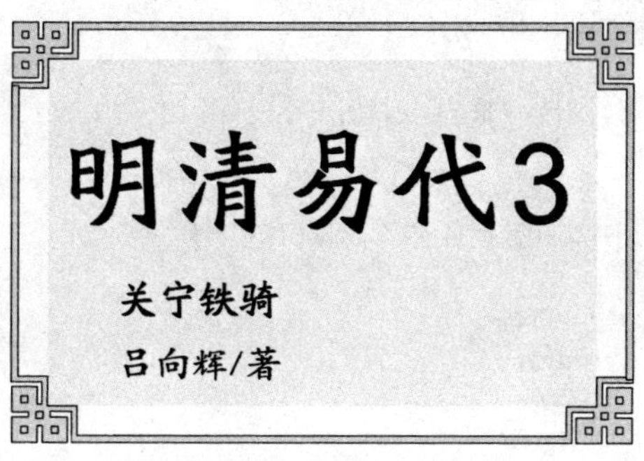

明清易代3

关宁铁骑

吕向辉/著

中央广播电视大学出版社
·北京·

图书在版编目（CIP）数据

明清易代. 3, 关宁铁骑 / 吕向辉著. ——北京：中央广播电视大学出版社, 2012.12
ISBN 978-7-304-05990-3

Ⅰ. ①明… Ⅱ. ①吕… Ⅲ. ①长篇历史小说－中国－当代 Ⅳ. ①I247.5

中国版本图书馆CIP数据核字(2013)第010121号

明清易代3——关宁铁骑
吕向辉 著

出版·发行：中央广播电视大学出版社
电话：营销中心 010-58840200　　**总编室** 010-68182524
网址：http://www.crtvup.com.cn
地址：北京市海淀区西四环中路 45 号　　**邮编：**100039
经销：新华书店北京发行所

策划编辑：张　春　　**版式设计：**刘海东
责任编辑：钟亚军　　**责任印制：**李　玲

印刷：北京盛通印刷股份有限公司　　**印数：**1~5000 册
版本：2012 年12月第1版　　2013 年1月第1次印刷
开本：787 × 1092　1/32　　**印张：**8
字数：140 千字

书号：ISBN 978-7-304-05990-3
定价：28.00元

（如有缺页或倒装，本社负责退换）

前 言

明朝皇帝中的两个“顽童”

明熹宗实在是明王朝皇室中的一个异数。但在一百多年前，有一位皇帝与其个性恰恰相反，那就是正德皇帝。按照辈分算下来，正德皇帝明武宗是明熹宗的高祖。

两人即位时的年龄都很小，明武宗是十五岁即位，明熹宗是十六岁即位。两人虽同称为“异类顽童”，但两人还是有所区别的。明武宗之“顽”是“顽劣不堪”；明熹宗之“顽”是“冥顽不化”。明武宗好动，其志向是做一个驰骋疆场的大将军，而且自拟封号，用这一封号时他的名字不再是朱厚照，而是大将军朱寿。相比而言，明熹宗则好静，喜欢在宫中做木匠活，据说其手艺之精即使是在能工巧匠中也能占到一席之地。

一

明熹宗有一个不幸的童年，而明武宗的童年生活实在是太完美了，以至于他被培养成了纨绔子弟。

因为明武宗祖、父两辈的幼年太过于凄凉，才加倍地疼爱于他。明武宗的父亲是明孝宗朱祐樘，在位十八年，年号为弘治。明武宗的祖父是明宪宗朱见深，在位二十三年，年号为成化。

明宪宗的父亲明英宗两度为帝，一帝而有两个年号，前番为正统，后者为天顺。在正统十四年，蒙古瓦剌部的也先犯边，明英宗误听太监王振之言，对文武大臣的劝谏置若罔闻，决定御驾亲征。

对于行军打仗，明英宗与王振君臣二人竟视之如同儿戏，从定策到出师，仅花了不足一个月的时间。等到了大同，王振听了镇守太监之言，方知也先实在是太厉害了，于是明英宗决定立即“班师回朝”，王振想让皇帝绕道到他的家乡蔚州去看一看，要知道他这一番衣锦还乡，得到的荣耀将非比寻常。

行至中途，王振突然意识到现在正值秋收，十几万人马肯定会糟蹋庄稼，会在乡梓留下骂名。于是，明朝大军又掉头出关。此时也先已探得消息，驱马追来。

也先的部队赶到，一场混战下来，明军大败王振死在乱军之中，明英宗成了俘虏。当日，正是中秋。明英宗被俘的消息传到京师，自然是朝野震惊。为了防止也先挟明英宗威胁朝廷，在于谦等重臣的建议下，太后立明英宗的弟弟郕王朱祁钰为帝。为了表示帝系仍在英宗一脉，立英宗的儿子朱见深为太子。

一年之后，明英宗回朝，他复位自然是不可能，就居住在南宫，形同逆旅。做皇帝的当然希望下一任皇帝是自己的儿子，朱祁钰也不例外。再加上有趋炎附势者为朱祁钰献策，朱见深的太子之位不保。朱见深三岁被立为太子，六岁即被废，他与父亲在南宫生活的日子可想而知。

朱祁钰在位八年，明英宗父子大有朝不保夕之感。太后担心孙子吃亏，便命自己身边的一位姓万的宫女服侍朱见深起居，天长日久，朱见深竟与比自己大十几岁的万姓宫女有了一段畸恋。

亏得朱祁钰没对明英宗父子动手。明英宗夺门成功，复位为帝，朱见深重为太子。

二

又一个八年之后，明英宗去世，朱见深称帝，是为明宪宗，万宫女功德圆满，得以晋位为万贵妃。万贵妃极为得宠，可惜的是年岁已大，尽管集三千宠爱于一身，但她生一子夭折之后便再也不能怀孕。

然而万贵妃仍心存幻想，希望自己所生之子能成为皇帝的第一子，这样皇子继位的资格便是极大。她处心积虑地防范皇帝临幸其他妃子，遇有妃子怀孕，她便使出各种手段使其流产。万贵妃宫中耳目极多，做起这种事来，手到擒来。

但时日一久，人们心中已经明白，万贵妃虽有专房之宠，但看来生子已经无望，如果继续放任下去，将令皇帝无后。于是，很多太监、宫女心中不忍，便不再像以前那样对万贵妃唯命是从了。

明宪宗偷腥，暗地里临幸了一位姓纪的宫女。真是万幸，纪宫女竟然怀孕了。于是太监、宫女纷纷打掩护，保护纪宫女，使之顺利分娩，她生下的竟然是一位皇子。但骇于万贵妃的权势，皇子仍不能露面，只得偷偷地养在宫内。

明宪宗暗叹华发早生，而子嗣俱无。服侍的太监终于忍不住，将这一惊天的秘密告诉了他。明宪宗自然是狂喜，等他将皇子接来，看到六岁的儿子胎发尚未剃，长发及身，明宪宗不由悲喜交加。这位皇子便是明孝宗朱祐樘。

纪宫女悬梁自尽，她意图以自己的死告诉万贵妃，自己不会妨碍她日后晋为皇太后，只是希望万贵妃能对自己的儿子高抬贵手。

万贵妃对此事自然是感觉郁闷无比，她在宫内手眼通天，想不到太监宫女竟联起手来，使自己如同盲人一般。

三

成化二十三年，明宪宗驾崩，朱祐樘即位，是为明孝宗。由于自己的悲惨童年，他对儿子自然是加倍的疼爱。而这个儿子，更是具有得天独厚的优势——他是皇后所生。

此前包括以后的明朝诸帝，以中宫所出皇子继承帝位者，绝无仅有。明朝的第一位太子朱标，为马皇后所生，但没有活过他的父亲明太祖朱元璋。篡位之后的明成祖朱棣自称是马皇后的儿子，后世学者对此表示存疑，认为他的母亲很可能另有其人。有一种说法是，朱棣有朝鲜的血统，他的母亲是来自朝鲜的碽妃。

在《明史·后妃传》中记载，下一任皇帝的母亲一律称为皇后，但这是儿子即位后追封的，所谓母以子贵，在老皇帝在位的时候，她只是诸多妃嫔中的一个而已。

明孝宗的这个儿子便是在后世非常有名的正德皇帝朱厚照，他在民间留有许多的风流韵事，“游龙戏凤”便是源自于他。但他的所长除了处处留情，就是骑马打仗。

明孝宗在临终之时，对顾命大臣言道，“嗣皇帝的资质是不错的，可惜被宠坏了，有些顽劣。”所谓知子莫若父，明孝宗对朱厚照的评价是非常正确的，知之而不能改之，可见其对儿子溺爱之深。

明朝十六帝中，最能闹的便是明武宗。在太平时节，谥号为“武”，便可见其一斑。开国皇帝，庙号称“武皇帝”者不少，这是称其横扫宇内之能。明武宗之世，并没有大的征伐，唯一能谈得上的便是宁王朱宸濠之乱，但很快被王阳明平定。明武宗本要御驾亲征，走至中途，便得到王阳明的捷报。

四

明武宗的童年可以说是幸福无比，与之相较，明熹宗的幼年时代实在是太凄凉了。他的父亲是朱常洛，祖父是万历皇帝明神宗。明神宗看重的是爱子福王，福王的生母是郑贵妃。

明神宗与郑贵妃是难得一见的皇家爱情，历史中可与之相比拟的便是唐明皇与杨贵妃的爱情。唐明皇与杨贵妃尚是“老夫少妻”，而明神宗与郑贵妃则年岁相差不大。“以色事人者，色衰则爱弛”，而明神宗对郑贵妃的宠爱至死不减，正如民间恩爱夫妻一般。

朱常洛所占的优势只有一条，那就是排行居长。立太子，标准无非是三条，一条是“立嫡”，指的是立皇帝的嫡子，即中宫所出；如果没有嫡子，那便采用第二条，便是“立长”，就是在皇帝的庶出诸子中，选择年岁最大的立为太子。这两条标准是很好掌握的。最难掌握的是第三条，那便是“立贤”。

第三条从理论上而言，是最好的。但在实际操作中，却是千难万难。“贤”的标准很好说，用儒家的东西一套便可以。但是难在掌握标准的人身上，那就是皇帝自己。十个手指尚且长短不齐，皇帝对儿子固然也会有所偏爱。这一偏，就会使标准产生偏移。

皇子之间谁都不会承认“不贤”，于是各起纷争之心，立太子之前如此，太子被立之后，也会有人将太子冠以“不贤”的名号拉下马来。大臣之间，也会择“贤”而事，结果会使朝中纷争大起。

五

明神宗的太子之争，是皇帝试图立爱子福王朱常洵，群臣则力挺皇长子朱常洛。

群臣胜出，却是险胜。明朝的元气在此次纷争中亦大为损伤。朝臣结党，各立门户，这种情况一直延续到明亡。

朝臣拥立太子，争了十几年；太子即立之后，福王迟迟不离京就藩，又争了十几年。福王一日不走，太子之位便一刻不安。明熹宗朱由校出生，朱常洛惴惴不安，绕室彷徨，直到太监来报，明神宗并无不喜的表示，朱常洛这才将一颗悬着的心放下。

群臣逼得紧了，明神宗还会将朱常洛拉出来，让群臣看看，我父子、爷孙是如何的亲爱，群臣听到的种种传言无非是离间而已。但越是如此，便越是显得父子、爷孙之间缺少慈爱。如此情状，明熹宗的童年又有何乐事可言?

宫中不乏大的兴作，朱由校来往期间，竟然对木工活产生了极大的兴趣。尽管朱常洛父子并不为万历皇帝所喜，但在宫中工匠眼中，朱由校仍然是小爷的身份，如何敢怠慢?小爷要学什么，工匠们自然是倾囊而授，如此，朱由校便练就了一身木匠的“童子功”。

明神宗在位四十八年，继位的朱常洛苦尽甘来，一时间竟乐极生悲，即位一月而亡。群臣为了他能够即位争了三十年，谁想他坐龙椅只坐了三十天。他也是一个极不争气的皇帝，竟要封郑贵妃为先帝的皇后，而不虑及他那受了一生闲气而早逝的母亲。

明熹宗即位，有此至尊之位，他的木匠生活才能大放异彩。他在做皇孙时或许不能尽如所愿，当了皇帝，他需要什么，宫人自然是立即照办。明熹宗的木匠生涯，过得有声有色。而此时，努尔哈赤下辽东，进辽西，山海关渐有不保之势。明熹宗经常纵情于绳墨刀锯之间，魏忠贤专拣这个时候来奏报辽东之事，明熹宗总是不耐烦地让魏忠贤看着办。

魏忠贤这是师法刘瑾的故伎。刘瑾也是专拣明武宗玩得痛快的时候来打扰。明武宗的父祖尚有遗泽，当时朝中还有重臣在，故而“博学善权变”的杨一清能够制住刘瑾，这当然是借助了刘瑾宫中的政敌——同样也是太监的张永。明熹宗的父亲即位一月而亡，尽管被史书描述为“一月圣人”，但他即位的时间也太短了；明熹宗的爷爷明神宗更是不堪，被史书称为“明之亡，实亡于神宗也”。

六

明武宗没有儿子，明熹宗也没有。如同明宪宗与万贵妃有一段畸恋一般，明熹宗也是如此，他所恋的是他的乳母客氏，

不同的是，万宫女能够封妃，明熹宗却不能将所恋的客氏纳入宫中。万宫女能够如此，一个很重要的原因是她与明宪宗两人能够始终如一；客氏却不同，她先有魏朝，后有魏忠贤。魏忠贤能为皇帝所赏识，出自于魏朝的举荐。魏忠贤横刀夺爱，魏朝自然是愤恨交加。三人闹起矛盾，最后惊动了熹宗。熹宗反为三人排解，由客氏自己选择。客氏最后选择的是年轻的魏忠贤。

明武宗无子，后世尚可埋怨其母张太后。既然儿子荒唐，就应该逼着儿子为自己生一个孙子。张太后思不及此，结果由朱厚熜即位，为明世宗。明世宗为过世的父亲争名分，他的母亲也不是省油的灯。结果，明武宗的父亲明孝宗被称为“皇伯考”，明世宗的父亲兴献王为“皇考”。如此，算起世系来，便没有了在位十六年的明武宗的位置。

张太后在宫中的尴尬可想而知，她必定又悔又恨，无脸去见死去的丈夫明孝宗。张太后的弟弟犯法当死，张太后为了求情竟然在世宗面前长跪不起，但仍不能挽回“圣心”。如果是武宗的儿子继位，贵为太皇太后的张氏，哪里会有此等屈辱。

熹宗与武宗童年的苦乐大相径庭，二人即位之后一静一动。但其共同点则至少有四个：一个是二人皆无子；再一个就是二人手下各有一个在明朝提起来响当当的大太监——魏忠贤和刘瑾；第三个便是两人的资质必定也不会错，明武宗有乃父的评点，明熹宗竟然能够成为“能工巧匠”，其资质必在中人以上；第四个相同之处便是，两人都死于“水厄”。明武宗在积水潭泛舟，失足落水，由此成疾。明熹宗则是在宫内乘船游玩，清水荷叶，衣襟飘飘，望之如神仙中人。得意之间，熹宗竟然掉入水中，他的死即肇因于此。明武宗轻捷彪悍，尚不能承受这秋水一激，何况熹宗。

明熹宗无子而有弟，他死后由他的弟弟朱由检即位，是为明思宗。明熹宗不理朝政，明思宗却是宵衣旰食，可惜他才具不足，此时明朝的形势也是大不如前，结果明思宗身死国灭。

目录

目录

第一章 阉党乱政

魏忠贤要依靠外臣方能控制朝廷，而外臣要依靠魏忠贤方能入阁拜相。双方一拍即合，顾秉谦、魏广微等大臣如愿以偿。

尤为无耻的是顾秉谦，他此时已经七十一岁，但名利之心甚炽。为得魏忠贤的青睐，甚至想拜比他小十八岁的魏忠贤为父，只是担心魏忠贤不喜欢“白须儿”，才让自己的孙子认了魏忠贤做干爷爷。

魏广微因性格“阴险狡猾”，为吏部尚书赵南星所摒弃。魏广微父亲的别号是建泉，赵南星与魏父为好友，故而以世伯的身份称“建泉无子”。魏广微为赵南星排挤，便转入魏忠贤旗下。

曾在“移宫”案中立下奇功的杨涟按捺不住，上疏弹劾魏忠贤二十四条大罪。首辅叶向高不忍与魏忠贤决裂，要缓图而行。叶向高两头不讨好，只得辞职回乡。

顾秉谦得任首辅，他向魏忠贤通消息，在封套上大书“内阁家报”。魏忠贤得以完全操控政局，排除异己，屡兴大狱。

魏忠贤唯一忌惮的是手握兵权的督师孙承宗，于是便处心积虑地想要解除这一威胁。

一

自古宦官专权，都要与外廷相表里方能如意。最早成为魏忠贤在朝堂耳目的是兵科给事中霍维华。霍维华是东光人，与魏忠贤算是同乡；他的内弟是宫中太监陆盖臣。由于陆盖臣的关系，霍维华尽知宫中底细，他很清楚魏忠贤将会有所成就。故此上奏折弹劾司礼监太监王安，致使魏忠贤得以矫诏。王安是魏忠贤的座主，可惜现在已成为魏忠贤掌权的障碍，故而魏忠贤必欲除之而后快。霍维华为魏忠贤立下首功一件。

另两位可以和霍维华比肩的是刑部员外郎徐大化和刑科给事中孙杰。但是由于当时魏忠贤的力量还不足以袒护同党，结果这三位被鄙视他们的人排挤出京师，落职闲住。直到天启四年，魏忠贤的权势可以笼罩一时之际，霍维华、徐大化、孙杰才纷纷回到朝廷，接受魏忠贤的酬庸，在短短几年内，都做到了尚书的高位。

魏忠贤刚刚与外廷建立起来的线还没有发挥作用，就被掐断了。因为朝臣鉴于前代王振、刘瑾等宦官篡权，为防微杜渐，弹劾魏忠贤的奏疏很多。尤其是御史周宗建，直言魏忠贤"目不识一丁"，且蛊惑皇上，"其为隐祸，可胜言哉"。魏忠贤的地位岌岌可危。

为了对付周宗建，魏忠贤启用了郭巩。郭巩就是当年和姚宗文等人一起因攻击熊廷弼而落职的御史，现在他凭借魏忠贤的关系得以回朝，自然是对其感恩戴德，以图厚报。郭巩做了攻击周宗建的急先锋。

郭巩旧事重提，将熊廷弼祭出来作为“杀手锏”。郭巩将推荐熊廷弼为经略归结到周宗建的头上，而熊廷弼失掉广宁则周宗建亦有不可推卸的责任。郭巩这样做一举两得，既可以报一己之仇，又得以报答魏忠贤的私恩。这是熊廷弼遭关押一年多之后，被人们重新从记忆中拾取。至此，熊廷弼成为魏忠贤攻击敌人的工具，熊廷弼的生死已经与广宁无关，魏忠贤要将其最终的价值榨尽之后才给他一个痛快。

周宗建自然要反击。两人几个回合下来之后，牵扯的人越来越多，这样做，终究难以了局，而且胜败未定。魏忠贤很清楚，如果没有外廷诸臣与自己呼应，他便很难在朝中呼风唤雨，自己在宫中的位置也会如同风雨中飘摇的小舟。

魏忠贤到底是“吉人天相”，朝中又有两个人来帮他。这两个人，一个是魏广微，一个是顾秉谦。魏广微时任南京礼部侍郎，顾秉谦为礼部尚书，这两人功利心极强，一心想着“大拜”，成为大学士入内阁。但他们想通过廷推的正常方式几乎是不可能的，因为当时朝野对二人的评价极坏：魏广微“阴险狡猾”，顾秉谦“庸劣无耻”。吏部尚书赵南星很鄙视他们，而吏部是执行廷推的主要部门。

二

顾秉谦将自己的孙子带到魏忠贤面前，让孙子叩头认他做干爷爷。并且解释唯恐魏忠贤不喜欢“白须儿”，否则自己便会拜倒在其膝下。六卿之一的礼部尚书如此刻意结纳，魏忠贤自然是喜不自胜。

魏广微是赵南星好朋友魏允贞的儿子。赵南星时任吏部尚书，掌官员铨选之权。魏允贞卒于天启初年，史称其“清操绝俗”。赵南星谈及魏广微则曰“建泉无子”。“建泉”是魏允贞的别号。这样的考语，魏广微是难以忍受的。也由此证明，赵南星是靠不住的；只有魏忠贤是“终南捷径”。

魏忠贤自然是非常高兴，如此，经过一番运作，魏广微和顾秉谦得以进入内阁。

魏广微似乎可以导之以正，观其后来受刑部尚书崔景荣手书即谏止对杨涟等人的追赃可知。奈何赵南星对其如弃敝屣，不仅曰“建泉无子”，又三拒其于府门之外，导致魏广微死心塌地地追随魏忠贤，成为阉党在内阁的代理人。有了两个内阁成员为自己出力，魏忠贤的势力越来越大。天启四年六月，魏忠贤遭遇了一场政治危机。渡过这次危机之后，魏忠贤脱胎换骨，成为大明朝的第一号人物。

首先对魏忠贤发难的是杨涟。杨涟作为神宗朝的兵科给事中，又在“移宫案”中发挥了极大的作用，而且如同伍子胥过韶关，杨涟一夜间须发皓然。杨涟成为官员的榜样，并深受熹宗的信任和重用，三年之内，由兵科给事中升任左副都御史。这样一个人物，出面弹劾魏忠贤，可见当时魏忠贤所承受的压力。

但是此时的熹宗，已经成为一位“天才木匠”，他整日在宫中做木匠活。这可能是熹宗年幼的时候，由于父亲的地位不为人所重视，他更容易为人所遗忘。当时，神宗在宫中大兴土木，缺乏管束的熹宗每日便泡在工地上闲逛。在工匠眼里，熹宗仍是小爷的身份，所以对他的各种兴趣会尽量加以满足。

正因为如此，熹宗练就了一身的木匠“童子功”。熹宗做了皇帝，那自然是各种木料、工具叱咤立办，熹宗得以专心致志地做自己喜欢的事。魏忠贤就在熹宗心无旁骛之时，说些公事，熹宗的惯常做法是：任尔等去做。

江苏吴县的文震孟在天启二年状元及第，当年十月即上疏，直指皇帝诸事不理，犹如“傀儡登场”。魏忠贤并不将这份奏疏呈给熹宗，而是先招来一班傀儡戏，到宫中演给熹宗看。熹宗孩童心性，看了之后大乐。这时，魏忠贤说文震孟称皇上是“傀儡登场”，那就是这个样子了。熹宗闻言大怒，将文震孟提来，丝毫不给这位簇新的状元郎面子，按在地上就是八十廷杖。

三

杨涟的奏疏并未点明魏忠贤的名字，而且杨涟的身份远高于文震孟。杨涟列出魏忠贤二十四项大罪，按律当斩。看到杨涟的奏疏之后，魏忠贤既惊且惧，在熹宗面前哭泣。魏忠贤同党王体乾为熹宗念杨涟奏疏的时候，避重就轻，拣无关紧要的内容搪塞一番；客氏也在一旁说好话。熹宗觉得杨涟有些大惊小怪、小题大做，便传旨抚慰魏忠贤。如此这般弥缝，杨涟的奏疏在熹宗那里没有惊起波澜，而且留中不下。

而在内阁，首辅叶向高对于杨涟的做法也不以为然，认为杨涟发之太早，不足以置魏忠贤于死地。尽管有数十名官员附在杨涟骥尾之后，叶向高仍认为与魏忠贤可以共存，于是他上疏保魏忠贤。叶向高的要求是请魏忠贤辞官，悠游林下。叶向高在奏疏中甚至提到，满腹经纶又怎么样，魏忠贤不必以目不识丁妄自菲薄。

叶向高认为目前还不应当与魏忠贤决裂，而应该缓缓图之。而这种攻势既然已经发动就不能中止了，所谓“箭在弦上”。自古以来，攻击内监一旦发动，就要给予他雷霆一击，否则对方要反噬起来，会非常残酷。正德朝的杨一清设计除掉刘瑾，间不容发，绝不能后退一步。由于叶向高的犹豫，魏忠贤得以渡过难关。

当时，叶向高背负的压力很大，许多朝臣找上门来，与他争辩、诟骂，甚至有人说他最后会与焦芳同传。焦芳因勾结刘瑾，被指为阉党，也就是说叶向高会在青史上留下恶名。

但即使当时叶向高给予魏忠贤雷霆一击，能否得手，也很难说。可以结合正德朝刘瑾的例子进行一番对照。在正德元年八月，朝臣计划除掉刘瑾。由内阁牵头组织六部九卿，声势不可谓不浩大。但吏部尚书焦芳向刘瑾告变，使刘瑾得以向明武宗恳求免罪。一击不成，朝臣风流云散，整个内阁除李东阳外，全班告退。刘瑾渡过劫波，大逞威福。

此时情况与当时差可相似，注定不成功的诸般要素都在。魏忠贤正蒙皇帝的宠信，内阁六部九卿更非铁板一块。而正德五年杨一清除掉刘瑾，得力于内监张永。但此时的皇宫内院，已经完全笼罩在魏忠贤和客氏的势力之下，希冀成功的“内应”要素完全没有指望。

叶向高完全是一种稳健的策略。大明王朝的内监势力毕竟存在了二百多年，顷刻之间难以消除。正如正德元年弹劾刘瑾之时兵部尚书许进所言，“过激将有变”。叶向高也有这种担心。当年，明武宗已有将刘瑾等人发遣到南京之意，但是朝臣坚决不同意，非立斩不足以平“官愤”。刘瑾情急生计，一夕之间形势大变，不仅不用去南京，还排除了宫中异己，掌握实权。

许进一语成谶，刘瑾得志之后，一番报复令人不寒而栗。熟知国朝掌故的叶向高为了避免激起过大的政治风浪，故而提出要魏忠贤退隐的意见。

四

许进一百多年以前的顾虑复演于后世，叶向高的意见未被采纳，造成大明王朝最惨烈的缙绅之祸。杨涟等人的激扬文字，不仅主攻魏忠贤，还打击了一批围在魏忠贤身边的人。这些人本来还有些顾虑，在朝臣人人喊打的情况下，他们彻底与魏忠贤组成联盟，成为继刘瑾之后最大的一批阉党。

杨涟的奏疏惹恼了顾秉谦、魏广微。在杨涟弹劾魏忠贤二十四大罪中的“大罪五”提到，“国家最重无如枚卜。忠贤一手握定，立阻首推之孙慎行、盛以弘，更为他辞以锢其出。其真欲门生宰相乎？”尽管没有点名，但已经暗示顾秉谦、魏广微是凭借魏忠贤进入内阁的。这比皇帝直接下旨的“斜封墨敕”还要让他们难受，因为在士大夫的眼中，是极为瞧不起这些“刑余之人”的。顾秉谦、魏广微也羞于承认这一点。

杨涟的这种说法，等于是撕掉了两人的脸皮。更为刺激魏广微的是，他在一次祭祀活动中的迟到行为激起了言官的强烈反应。其中吏科给事中魏大中说得极为尖刻，将魏广微比喻成正在造反的奢崇明、安邦彦；御史李应升对魏广微更是极尽嘲讽之能事，他请魏广微回家读父亲魏允贞的遗书，这样才能在日后见先父于九泉之下。魏广微极为愤懑，认为他们是在借题发挥，故而与顾秉谦下定决心，要将这些人一网打尽。

此时，阉党中的另外一个重要人物崔呈秀也投入了魏忠贤的“怀抱”。崔呈秀淮扬巡按任满回到京师后便被革职候勘。都御史高攀龙揭发其贪污腐败的罪状，吏部尚书赵南星建议将崔呈秀遣戍。崔呈秀被逼急了，夜入魏忠贤的私邸，边叩头边流泪，哀求魏忠贤收自己为养子。《明史·阉党·崔呈秀传》中记载，魏忠贤对崔呈秀“相见恨晚，遂用为腹心，日与计划”。

魏忠贤对崔呈秀相见恨晚，是因为崔呈秀为他勾勒出了日后的奋斗目标，而且深得魏忠贤之心。崔呈秀巧于言说，而且心机很深，成为魏忠贤的谋主。在阉党中，多有相互倾轧而半途失去魏忠贤信任的人，唯有崔呈秀从始至终为魏忠贤所信服。据传，熹宗死后，魏忠贤想篡位自立，得崔呈秀一言而止。当时时间紧迫，魏忠贤尚待崔呈秀一言而决，可见崔呈秀在魏忠贤心中的分量。

崔呈秀提供出了蓝图和实现的路径。此时，顾秉谦和魏广微则拿出了一份“黑名单”。

经过商议，两人拿出一本《缙绅便览》。其记录的是朝中文官的出身、籍贯等。两人在这本书上涂涂抹抹，将叶向高等一百多人列为邪党，而将自己等六十余人列为正人。魏忠贤如获至宝，按图索骥，将其作为升赏废黜的名单。

五

叶向高、高攀龙、赵南星、左光斗等人先后被迫辞官，自此《缙绅便览》中的“邪党”渐渐退出政治舞台，有些不幸的被拉出来或者杀头或者瘐死于狱中，甚至死后追赃、家破人亡的比比皆是。这是明朝最为惨烈的缙绅之祸。

对于这样一位权势熏天的人物，孙承宗不仅不敷衍，还打算回朝挽回局势。孙承宗拜疏即行，当然名义是祝贺皇上的万寿。熹宗生日是十一月十四日，在孙承宗汇报的行程中，只是随班祝寿。

奏疏到了内阁，已经升任首辅的魏广微看到奏疏后大惊失色，马上禀报魏忠贤：孙承宗带兵“清君侧”来了。这一下，可把魏忠贤吓得不轻。孙承宗握有重兵，且与熹宗有师生之谊，万一皇帝听了孙承宗的劝告，自己这一伙人可就要死无葬身之地了。

魏广微和孙承宗既是同年又是同乡，在当时的情况下，本应关系紧密，最起码不应该互相攻击。魏广微之所以无中生有，是因为之前在受到李应升的弹劾之后，想借助孙承宗的关系进行疏通。李应升是孙承宗的门生，对老师的话应该还是比较容易入耳的。但是孙承宗对魏广微的请求则不屑一顾，反认为这是对自己的侮辱。魏广微怀恨在心，妄图借此机会依靠魏忠贤的力量进行报复。

乍听魏广微的禀报，魏忠贤大惊失色，跑到熹宗的寝宫，绕床大哭。熹宗看到对自己忠心耿耿的老奴如此痛哭，不禁深表怜悯，便命令内阁下旨阻拦。已经打好腹稿的次辅顾秉谦，笔走龙蛇，“无旨离汛地，非祖宗法，违者不宥”。此时已是深夜，魏忠贤夜开宫门招来兵部尚书赵彦，并令三道飞骑阻止。为了防止孙承宗抗旨，魏忠贤下令九门加强戒备，发现孙承宗即绑入狱中。

布置妥当之后，魏忠贤方发觉东方渐白。接到圣旨的孙承宗已经走到了通州，他二话不说，转头东行。魏忠贤派出的侦骑确认孙承宗走远之后，回宫禀报，说孙承宗只带了几名从人。魏忠贤心中的一块石头才落了地，忙活一晚上只是虚惊一场。

痛定思痛，魏忠贤才明白在关门之外，还有一个自己最忌惮的人物。如何除掉孙承宗，成为魏忠贤日思夜想的问题。但是由于孙承宗的身份特殊，尽管已经上疏求去，熹宗还是迟迟不准。魏忠贤依旧拿孙承宗没有办法。

暂时稳住了孙承宗，从天启五年开始，魏忠贤开始了疯狂的报复。他借助汪文言和熊廷弼两个大案，将所忌恨的人一网打尽。

六

汪文言原名王守泰，曾任歙县守库的小吏，后因事去职游食京师。他快口豪眉，对于朝野之事侃侃而谈。不知因为什么机缘，被王安罗致到幕下，也结交了叶向高、左光斗、魏大中等人，并被诸人视为异人。叶向高推荐他做了内阁中书。从此以后，汪文言更是风生水起，出入朝中大佬之家，左右逢源。魏忠贤看中的就是他与这些人的关系，他找借口将其擒获，第一个他要诬告的就是杨涟。

汪文言是一条好汉，任凭各种酷刑，他始终没有攀扯任何人。他曾仰天浩叹，“世岂有贪赃之杨大洪哉”。大洪是杨涟的别号。但是这些并不妨碍魏忠贤的终极目标，他命人任意篡改汪文言的供词，随后缇骑四出，在京的顺手擒来，在野的从老家递解京师。以至于穷乡僻壤的人们看到鲜衣怒马、操京师口音的人便噤若寒蝉。有一些头脑灵活的无赖，便置办一身官府行头，到各地招摇撞骗，地方官逢迎备至，而且屡试不爽。

汪文言的罪名之一就是替熊廷弼四处走关系。将各位所恨之人纳入与失掉疆土有关的罪名，那就可以执行重典。正如献策者大理寺少卿徐大化所诱导的一样，“封疆事重，杀之有名”。不但杀之，还借口贪污受贿进行追赃，三日一比，五日一追，在其死罪来临之前，受尽活罪。

同党的酷刑之惨，最后就连阉党重要人物魏广微也有些看不下去了，在接到刑部尚书崔景荣的手书之后，上疏言道，“岂可逐日严刑，使镇抚追赃”，“以理刑之职，使之追赃，官守安在？”

此疏一上，把魏忠贤惹恼了，他借皇帝之口责骂魏广微。魏广微吓得腿肚子打转，连忙拿出崔景荣的手书解释，通过自己的同事顾秉谦递好话。尽管魏忠贤表示了一些谅解，但魏广微知道自己在魏忠贤心中的分量已经大大跌价。在阉党之内急功近利之徒甚多，自己内阁大学士的位置不知道有多少人垂涎。如果不趁现在抽身早退，等自己人落井下石的时候想走可就难了，到时不死也得脱层皮。考虑至此，魏广微得以很风光地离开朝廷。果如魏广微的算计，一年之后，失宠的顾秉谦黯然离去。

七

汪文言与熊廷弼的身份截然不同，一个是小小的内阁中书，一个曾是统兵数万的辽东经略，但对于魏忠贤来说，价值是一样的。当他们的价值被榨取完之后，都落了个身首异处的下场。汪文言头断之后，其家人还能借助能工巧匠之手，将他的头与脖颈缝合。

惨的是熊廷弼，被传首九边，直到崇祯二年，在大学士韩爌的争取下，熊廷弼的家人才得以将熊廷弼的头颅迎回老家归葬。而与熊廷弼同案的王化贞却在崇祯五年被处斩。

有一种说法是熊廷弼曾托魏忠贤办事，许下若干两银子，结果是空头支票，惹得魏忠贤恼羞成怒，顿起杀机。而在两人间穿针引线的正是汪文言。熊廷弼得罪的人太多，故此想害他的人也多，因缘际会，熊廷弼一案成了千古奇冤。

魏忠贤编织了一张更大的网，那就是三案：梃击、红丸、移宫。经魏忠贤手下的谋士研究，争三案者大部分是现在魏忠贤和其团伙所恨之人。这样好的机会岂能放弃，故此又是一场腥风血雨，而且可以时不时地想刮就刮，欲下则下。

魏忠贤的地位节节上升，熹宗称其“厂公而不名”。君前臣名是传统政治，在熹宗的带领下，一些附庸魏忠贤的人在奏疏中，也是称其“厂公”如何如何。

当年九月，熹宗还赐给魏忠贤“钦赐顾命元臣忠贤印”，在光宗驾崩之时，魏忠贤还是偷窃宫中财物的毛贼，屡见于廷臣的奏疏中，如何成为“顾命元臣”？同时得到银印的还有客氏，“钦赐奉圣夫人客氏印”。这两颗大印各重二百两，督造的官员百倍奉承，真个是贵重。

而当时，皇后还没有印章。皇后的印章是代代相传，但在万历年间已经毁掉。荒怠的神宗皇帝懒得派人篆刻，他心中的皇后人选是郑贵妃。熹宗皇帝是顾不上派人篆刻，因为有时间他还要去做他那份非常有前途的职业——“天才木匠”。

至此，明朝的天下成为魏忠贤肆虐的舞台。魏忠贤不能长期容忍孙承宗在关外对自己构成一种压力，柳河之败成为魏忠贤“倒孙”的绝佳借口。

天启五年九月，孙承宗布置了一场进攻战，战役的目标是距离辽河下游三岔河对岸十六里的耀州城。

自从努尔哈赤在天启元年占据辽阳之后，叛逃的辽民不绝于途。尽管努尔哈赤屡屡派出重兵，如同追击猎物般追杀逃民，但是这股叛逃之风仍屡禁不止。努尔哈赤曾叹道，“得辽东以来，汉人无定，逋逃不绝，奸细肆行。”

努尔哈赤发现逃民之后，将其全部斩首。天启二年努尔哈赤攻占广宁，将俘获及投诚的辽西之民全部迁到辽东，这样逃民的数量越来越多。大贝勒代善在平定复州的逃民时，将一万八千名男丁全部杀死，仅余“懦弱者及小儿五百人”。

八

可能是李永芳对努尔哈赤的大开杀戒有些看不过眼，曾说复州人并未叛逃。结果李永芳因此遭到努尔哈赤一顿臭骂，他说李永芳还是心向明帝，不信自己是天命所归。

辽民要逃，努尔哈赤要杀。金国与原住民、新移民的关系极为紧张。努尔哈赤还将大批的辽民赏给来归顺的蒙古部落，这样辽民的出路更为狭窄。对于女真人和汉人，罪同刑不同。努尔哈赤曾斥责诸贝勒，在执法中不懂得灵活变通，审问汉人和女真人不加以区别对待。对女真人，要充分考虑到他的功劳，完全可以将功折罪。哪怕是女真人再小的功劳，也可以换得部分豁免权。但是对汉人他却主张轻则杀头，重则覆灭其全族。

努尔哈赤甚至要求女真人千万不要和汉人交朋友，到汉人家做客更是禁中之禁。以前曾发生过女真人到汉人家做客，好菜好酒的招待之后，吃的便是"滚刀肉"。甚至一贯为努尔哈赤所信任的李永芳、刘兴祚也曾被努尔哈赤处以革职、降级的处分。在汉官中，李永芳、刘兴祚、佟养性最为努尔哈赤所看重，李永芳、刘兴祚受罚，唯独佟养性始终恩遇不衰，原因可能是由于佟养性的堂兄佟养正被毛文龙所杀。努尔哈赤就此认为佟养性与明人之仇不共戴天，不可能有反复之心。

同时毛文龙的作用也不容轻视。毛文龙在辽东打的是骚扰战，大动作来不了，虚张声势的本领还是有的。他的存在最起码是一种号召的力量。

辽民大量逃亡，辽东的农业生产一落千丈，使粮食的产量降低。努尔哈赤觉得有必要将全国范围内的粮食集中起来。但是这种征粮如同饮鸩止渴，固然可以解决金国目前的难题，但是又会极大地引起辽民的不满情绪和反抗行动，两者互为因果，极容易形成恶性循环。

在努尔哈赤统治的辽东，出现了大饥荒。为了渡过难关，努尔哈赤举起杀人的钢刀。一开始，粮食不足，为了降低消耗量，他将大批的无粮之人杀掉，就是杀穷人。但是粮食仍然紧张，他便将无粮之人划归为奴隶，对有粮之人进行征集；有粮之人若不愿意拿出粮食，便被杀掉，这就是杀富人。而且，努尔哈赤的征粮命令是不分昼夜，速行完竣。这就是明朝时期流传的杀穷人和杀富人的实情。

九

受难的除了农民，还有盐丁。当初女真食盐都是从边关互市时采购，自从和明朝交战之后，这条主要的渠道没有了。但是攻占辽东之后，努尔哈赤有了自己的盐场。煮盐本来就是一种艰苦的工作，负责的女真官员不但不体恤盐丁难处，还经常“皮鞭抽来脚又踢”。而且，盐丁自身的安全难以保障，也不能保自己的妻儿子女周全。于是，实在混不下去的盐丁便冒着九死一生的危险潜渡辽河乞师，当时耀州城已经残破不堪，新筑起的城墙仅有一人高。

马世龙认为可以一战，孙承宗表示同意。孙承宗作为大学士督师山海关后，最为他所倚重的便是马世龙和袁崇焕两人。马世龙是武进士出身，在孙承宗的举荐下，不仅由副将升总兵，孙承宗还特为其筑坛拜为大将。马世龙感于孙承宗知遇之恩，要为座主立下一件大功劳。

但是由于将领之间协调不力，能够载人渡河的小舟仅调配出七艘。七艘小舟在辽河两岸划来荡去忙活了三天，才渡过八百名骑兵。作为指挥官的马世龙见此本应该停止这场战斗。第一，所运兵员太少，难以形成战役规模；第二，运兵三天，己方的战略意图已无秘密可保；第三，即使旗开得胜，如何返程？靠这七艘小舟，尾随的金军绝不会允许明军风平浪静地离开，而且还有一项任务是带回辽民，七艘小舟怎么带呢？

这八百名骑兵屯集在河畔。九月，辽河两岸淤泥遍地，站立都困难，若要形成战斗队形、守住桥头堡，几乎成了不可能完成的任务。得到消息的金军悄然而至，在芦苇丛中万箭齐发。猝不及防的明军损失了一半人马。真不知道这剩下的四百名骑兵是如何返回对岸的。按照来时的速度计算，渡这四百名骑兵需要一天半的时间。

稍稍让人舒口气的是，北路的左辅打了一个很漂亮的奇袭战，杀死金军几十人，带回辽民五百余人。

柳河之败充其量只是一场小战役，参加的兵员也不多，而且是互有胜负。这是自从广宁失守之后，明军首次正面主动出击。尽管战术粗疏，但勇气可嘉。

但别有用心的人便极力渲染此事，甚至有人说明军损兵折将十余万，孙承宗的四年经营又回到了原点。兵部尚书高第就信实了这种说法，跑到魏忠贤的跟前跪在地上痛哭流涕。魏忠贤对高第露出鄙夷之色，心中打着自己的小算盘。

他攻击孙承宗的突破口选在了马世龙身上。马世龙、袁崇焕是孙承宗在关外最为信任的人。军营内外视马世龙为“骤贵”，仅仅三十出头便做到专阃一方的大帅；而马世龙本人也免不了意气飞扬。在关内外，马世龙的名声并不怎么样。而且马世龙是这次战役的总指挥，棒子打在他的头上，才能反弹到孙承宗身上。马世龙尽管是武进士出身，容貌壮伟，但是心中实怯，也没有袁崇焕那样的杀伐决断。

第二章 金国太子

辽东大旱，赤地千里，粮草匮乏，努尔哈赤的脱困之计竟然是杀人。杀穷人是因为穷人没粮，杀富人是要夺他们的粮。之前，努尔哈赤杀的人是逃跑的人；现在，他指认乡绅是逃跑的人的首领，必须杀之。

努尔哈赤杀得人心惶惶。越杀越逃，越逃越杀。“杀”之一字，横亘于心，却是杀不胜杀，老年的努尔哈赤几近癫狂。

皇太极结党自重，更令他肝火旺盛。英雄迟暮，最怕大权旁落。金国太子之位，令人垂涎。为了维持自己确定的八旗共治制度，努尔哈赤铁腕施政、重拳频出。

努尔哈赤统辽沈五载，大开杀戒；孙承宗守关四年，成效卓然。奈何孙承宗得罪了魏忠贤，阉党借柳河之役大做文章，马世龙、孙承宗先后落职。接任的经略是高第。王在晋尚且寻思在关外八里筑城，高第竟然在上任伊始，便尽撤关外之地，与金国划长城为界。

努尔哈赤把握良机，兴兵渡河。宁前道袁崇焕不听乱命，孤胆英雄要独守宁远。

一

马世龙性格犹疑，一些人通过他找孙承宗办事。有些事是可以的，但有些事情，他既不能拒绝，也难以办到。这种老好人般的性格，反使他得罪了好些人。

而且朝中之人本来就对马世龙的才能有些怀疑，认为他并非大将之才，而孙承宗知人不明，俾以大任。于是马世龙这次柳河之败，便成了靶子。在魏忠贤的指挥下，从攻击马世龙开始，到攻击孙承宗为止，将各种奇思构想的奏疏送至御前。

内有魏忠贤把持，外有阁臣做鹰犬，孙承宗想在山海关留一天都难。无奈之下，他上疏辞职，内阁当然拟旨照准。每当熹宗皇帝正在挥汗如雨做木匠活的时候，魏忠贤等就会颠颠地赶来，上奏朝中之事。熹宗皇帝高兴的时候，会说，我知道了，你们好好替我办事；赶上不高兴了，就会说，要你们干什么，别来烦我。魏忠贤因此得以口含天宪，成为天下第一人。

孙承宗黯然离开经营四年之久的山海关，回到高阳老家。马世龙也在不久后去职。《明史·孙承宗传》讲道："自承宗出镇，关门息警，中朝宴然，不复以边事为虑也。"真是吃了几天饱饭，便忘了饿肚子的时光。袁崇焕之前，能够把守关门的只有熊廷弼、孙承宗，他们俩一个落了个传首九边，一个罢职回籍。明朝不亡何待？

接替孙承宗的是兵部尚书高第。此时，朝廷撤掉辽东巡抚一职，原任巡抚步孙承宗后尘而去。因为根据尽弃辽东辽西、专守山海关的方略，辽东巡抚已经没有疆土可管辖，当然巡抚一职就要罢而不设。孙承宗当年在王象乾去职之后，建议不要单设蓟辽总督，为的是事权统一；不建议削减辽东巡抚一职，是因为还要恢复故土，以维系民望。

柳河之败后，魏忠贤对高第惊慌失措的表现很是不满。但不满的只是高第的才略，而并非是否认高第对自己的忠心。所谓任人唯亲，魏忠贤用人从不以国家大局为出发点，所以兵部尚书高第来到了山海关。

依照高第的本意，他是不愿意到山海关任职的，他在京师做“本兵”既威风，又没有守土之责；只要敌兵不进犯都城便没有大的罪过。刚刚接到任命后，高第寻到魏忠贤叩头乞免，但魏忠贤拒不收回成命。看到魏忠贤主意已定，高第也不敢再推三阻四；尽管心中不愿意，还是应承下来。只是回到私邸，日夜忧泣。

二

高第把一腔怒气撒到主事徐日久的头上。正是因为徐日久作为自己的羽翼，纵谈兵事，才使魏忠贤认为他能够独当一面。高第一狠心，表奏徐日久为军前赞画。徐日久知道自己的上司是银样蜡枪头，在部内不管如何口讲指画都没有性命之忧，自己跟他到山海关，岂不是自找倒霉。于是徐日久找了个由头，不大不小地激起熹宗皇帝的一股怒火，将其革职，免去关前出丑。

高第愁肠百结，终于想出一条锦囊妙计，并在临出京前向魏忠贤作了密报。有了“厂公”魏忠贤的首肯，他当然可以为所欲为了。高第并不担心部属的反抗，担心的只是言官的弹劾。如今，魏忠贤已把持朝局，言官成了魏氏的“喉舌”，谁也不能对魏忠贤授意的方略提出半个“不”字。高第踌躇满志地来到经略府。

他命令将山海关外所有的军民全部撤入关内。当然他认为他所持的理由是非常充分的，其自认柳河之败后，当务之急是挑选精兵守卫山海关，且常振振有词道：“此何等时也，犹不思护内而防外乎？”

这比原任经略王在晋的八里筑城还要不如。如今已经没有叶向高主持于内、孙承宗视察于外，袁崇焕再抗议也是无济于事。专守关内之议，在辽阳失守之后就有人提出，有人附议。但是这种提法登不上大雅之堂。当年在辽阳逃走的监军高出转海道逃到山东后，就曾提出类似建议，但很快喊打声一片。高出的进言不被采纳，有些“因人废言”的意思。努尔哈赤进攻辽沈时，高出作为监军率先出逃，当时便有“同逃五监军”的说法，高出即是其中之一。再就是王在晋说得明白，国家在西北失掉河套，仍然是全盛的局面；再丢掉关外之地，专守关内仍然无损。只凭一道关门，丝毫没有战略纵深，如何能守得住关内？

袁崇焕先是向高第进言，认为“兵法有进无退”。况且孙承宗在关四年拓地四百余里，怎么能说撤就撤呢。前锋的锦州、右屯动摇，则居中的宁远、前屯卫就会震惊，山海关也会失去保障。现在只要选择良将驻守，没有什么好害怕的。

高第主意已定，丝毫不为所动。袁崇焕只得抗命不遵，并表示“官此当守此死此”，万万没有自己弃地先逃的道理。

高第对袁崇焕的表现非常不满，因为袁崇焕此时官衔是山东右参政。根据明代的建制，辽东都司属山东。右参政的驻地是山东济南，而不是宁远。高第想从官衔职掌上找出袁崇焕的破绽，他命人找出当年给袁崇焕敕书的副本，结果发现袁崇焕的“委任状”上缀了一个尾巴，“兼管宁前道事”。

三

高第并没有死心，他上疏朝廷，大谈袁崇焕如何尽忠职守，请朝廷予以封赏。他的建议得到批准，袁崇焕被封为山东按察使，但是后面仍旧缀着尾巴，还让他“管宁前道事”。高第很是懊悔，怪自己没有说清楚。高第的本意是升袁崇焕的官，将那个尾巴去掉，可惜朝廷会错了意。而且当时边事紧急，有谁会来就任正当敌前的宁前道。

袁崇焕极其愤懑，他上疏乞求“终制”。袁崇焕的父亲袁士朋死于天启四年，按照规定，袁崇焕应该回籍葬父，并守三年之丧，而且是拜疏即行。但是由于身在边疆，他三次上疏都没有得到批准。有一次，他走到丰润却被追回，朝廷要他“夺情”——移孝作忠。这在礼法中也是允许的，为了军事不受影响，是可以变通。如果承平之时恋栈不归，则会被视作“禽兽之行”。当年的张居正试图“夺情”，闹起了一场绝大的风潮，明神宗为之廷杖了五名官员才算得以平息。

袁崇焕至此以回家守制为理由，对高第的行为作出抗议，表达了自己的不满情绪，当然也没有获得批准。袁崇焕既然以宁前道“官此当守此死此”为号召，前屯卫作为他的辖区，总兵赵率教当然不敢挪动一兵一卒。

宁远城于天启四年筑成，当年九月，袁崇焕带领一万两千人，北行至广宁，进行了一次大耀师。此行使袁崇焕增强了信心，他向孙承宗建议趁机收复锦州和右屯卫。孙承宗认为时机尚未成熟，没有同意。谁承想，一年的时间，形势急转直下，新任经略一纸文书竟要放弃关外。

袁崇焕在军民面前慷慨陈词，得到了一致的支持。此时，明朝的防线已经延伸到右屯卫一带，宁远处于中间的位置。袁崇焕在宁远城外设置大旗，召集不愿意背井离乡的辽东百姓、不情愿不战而退的将士到宁远驻守。

辽民在广宁之败后，逃到关内的人在三年前才陆陆续续回到关外。在关内，他们尝够了背井离乡的苦楚，还经常处于被监视的状态，动辄被怀疑为金国奸细，贪官污吏趁机敲诈勒索，好不容易在孙承宗步步推进的方略下回到关外，如今岂能再受二茬罪，自动投到宁远的人很多。而且，目前金兵还没有打过来，即使打过来，横竖也不过是一死。比起当年死于金兵、蒙古、明军溃卒之手的乡亲，自己已经多活了几年。

有慷慨赴死的人，亦有蝼蚁偷生的人。关外九城四十五堡的军民大部分迁到了山海关，唯剩宁远一座孤城和觉华岛的驻军。关外居民居住时间长的，已经有四年之久。破家值万贯，车推背扛、拉儿牵女，一路行来一路哭。明朝的军纪本就不怎么样，无良军士便趁此机会欺男霸女、抢掠财物。

四

孙承宗四年之功毁于一旦，四年前逃难的一幕又重新上演。辞职还乡的孙承宗听到这个消息后，奋笔疾书，建议熹宗皇帝不要听这种误国之言。一个失势的阁老，“人走茶凉”，谁会听得进去他的话？这种声音恐早已被陶醉于刀锯之声的熹宗所忽略，况且魏忠贤肯定会阻止这份奏疏到达御前，又有谁会那么不长眼，将“厂公”所恨之人的意见转奏给熹宗？

努尔哈赤闻报自然是大喜过望。他极善于守时待势，在熊廷弼第一次担任经略的时候，努尔哈赤没有在辽东采取大的战略举措；直到袁应泰取代熊廷弼，他才直取辽沈；熊廷弼复起之后，努尔哈赤只待看出真正做主的是巡抚王化贞，这才又渡过辽河，取得广宁。孙承宗取代王在晋督师蓟辽，努尔哈赤一等又是四年。如今高第来到山海关，新官到任烧的第一把火竟然是尽弃关外。

本来攻取广宁之后，是夺取山海关的最佳时机。当时，王化贞和熊廷弼带军民逃至关内，关外八百里基本没有明军驻守，只有祖大寿率领一群残兵败将守在觉华岛。努尔哈赤确实也做过夺取山海关的尝试，但是行至松山之时，他却已是兴味索然。

因为从广宁到松山二百里路程，没有人烟、没有庐舍，熊廷弼的坚壁清野政策使努尔哈赤觉得再前进下去也会毫无所获。只是在闾阳以北，熊廷弼来不及焚烧的财物、尚未撤离的军民，倒还有些许油水可榨。而且，蒙古人已经开始进入明边，抢夺努尔哈赤的胜利果实。是可忍孰不可忍，由此他决定回兵，先行处理唾手可得的人、财、物。

当年努尔哈赤的中途撤兵，在其内部还是有争议的，但是在他的威势之下，并没有人敢于提出反对意见。

其实，努尔哈赤采取的是极为稳健的策略。熊廷弼退到山海关后，已经是退无可退。熊廷弼虽有才略，但背水一战的结果还是难以预料的。在广宁未失之前，王化贞还能够“挥斥方遒”，豪气干云；龟缩到山海关后，他一定会做“困兽欲斗”的。

王化贞已经威权尽失，指挥权会落到熊廷弼的手中。暂时的困难会使两个人联起手来。熊廷弼所长的就是坚守，而金兵的短板恰恰是攻坚。山海关城高墙厚，原来的守军加上南撤的溃军，仍然是一支不容轻视的力量。由此可知，努尔哈赤放弃进攻山海关的决策应该是正确的。

五

运人、运粮，努尔哈赤抢掠了所有能够抢掠的东西、人畜，而且还要挖地三尺，将辽民埋下的粮食、财物尽数掘出、带走。经过几个月的抢运，辽西已是赤地千里。辽东的原住民、辽西的新移民，既是财富的制造者，也是麻烦产生的源头。努尔哈赤残酷地执行“大棒政策”，兼以“胡萝卜”为缓和。他既杀头，又分田；既要为奴，又要纳粮。

辽东的大饥荒也是努尔哈赤迟迟不能南下的重要原因。加之孙承宗的调度有方，马世龙、袁崇焕等的用命，一时之间，努尔哈赤也同样奈何不了辽西，更遑论山海关。

此时，努尔哈赤前期的五大臣都已经离世。被许为第一开国功臣的费英东早在万历四十八年去世，没有在生前跟随努尔哈赤进入辽阳城；随后其余的四大臣额亦都、安费扬古、扈尔汉、何和礼，也基本每年去世一个。

在辽阳这几年，努尔哈赤基本每年都要参加一次葬礼，以至于诸位贝勒下令不要给努尔哈赤报丧。在亲信大臣的葬礼上，努尔哈赤追昔抚今都要痛哭一场；但是对于扈尔汉，尽管努尔哈赤也是亲临其丧，但是一直到他死，努尔哈赤都没有原谅他。这也可以看出，努尔哈赤对于参与儿子权势之争的人是如何的憎恶。

扈尔汉在病入膏肓之际，曾派人给努尔哈赤上疏恳请宽恕。努尔哈赤认为扈尔汉是咎由自取，谁让他“晚年心变”。但扈尔汉“晚年心变”会变到哪里去，明朝、蒙古、朝鲜，当然都不是，充其量也只是将忠其父之心转为忠其子。

努尔哈赤认为扈尔汉现在发誓等于是空头支票，发完誓之后便一命归西，又有何用？你心安理得地入了土，我这一腔怨恨到哪里诉说？由此，努尔哈赤不仅说扈尔汉的一身功劳已经被他自己的罪名折完，甚至还一语抹杀了扈尔汉的汗马功劳，他认为自己是天命所归，你有何功可言？

其实，努尔哈赤也曾经重新启用过扈尔汉。但是扈尔汉的表现还是无法令努尔哈赤满意，因而他再次被废黜。扈尔汉死时仅有四十七岁，正当壮年。在第一次被废之后，他一直处于忧愤之中。从十三岁开始，扈尔汉便追随在努尔哈赤的鞍前马后，三十余年的辛苦付诸东流。相比当年的一人之下、万人之上，如今的晚景凄凉，巨大的落差也急剧缩短了扈尔汉的寿命。

六

五大臣中，享年最长的是安费扬古和何和礼，活了六十四岁；额亦都则刚满六十，费英东五十七岁。身后最为荣光的是额亦都和费英东，在皇太极崇德元年，刚刚建立起来的太庙制度，得以配享。这是历代帝王对臣子最大的褒奖。

与扈尔汉有同等遭遇的是额尔德尼，在进攻广宁时，也是被重新起用。但是他比扈尔汉还惨的是，他被努尔哈赤一刀断首。

不久之后倒霉的还有武尔古岱额附。武尔古岱是叶赫贝勒扬古里的儿子，也是努尔哈赤的女婿。当年叶赫灭亡之后，武尔古岱被俘，努尔哈赤将自己的女儿嫁给他。后来在明朝的干涉下，叶赫曾短暂复国，武尔古岱带着自己的妻子在叶赫故地待了几年。努尔哈赤再次灭掉叶赫，武尔古岱又回到了努尔哈赤身边。

这次武尔古岱对努尔哈赤忠心耿耿，努尔哈赤也不念旧恶。武尔古岱的地位亦如日中天，与阿敦、扈尔汉一起，成为处理辽东事务的都堂中最为显赫的三位之一。随着阿敦、扈尔汉的去职，阿敦被处以死刑，武尔古岱的地位渐渐也岌岌可危。

努尔哈赤曾评价武尔古岱的罪名是与额尔德尼一样的，不仅如此，两人获罪的由头也同样是受贿。揭露此事的是代善。代善带兵去屠杀复州辽民时，获得了一个意外的消息，那就是当地官员尤其是汉官通过复州地方官王彬和李殿魁向武尔古岱行贿。根据《满文老档》提供的数字统计，大约金子三十两、银子六百三十两、马三匹、驴一头及一些绸缎等物。

这些数字比起明朝官吏动辄成千累万的赃款来说，本不算什么，况且其中的三十两金子武尔古岱只收到了二十两，另外十两估计是被中间人中饱私囊了。

七

受命审理的官员本应就事论事，根据举报人提供的证据进行审理。但是审案官员却节外生枝地提出了三条罪名：

一、武尔古岱外示忠心，内藏祸心。

他的依据是在阿敦获罪的时候，武尔古岱跪在努尔哈赤的面前，提出如果不重重处罚阿敦，自己将难以治理辽东事务。阿敦曾在努尔哈赤面前推荐皇太极为继承人，但何以同是“四和硕贝勒党”的武尔古岱要其速死？莫非是阿敦并不是纯正的党人，而是委蛇于皇太极和代善之间，故而皇太极对阿敦也不是很感兴趣，所以通过武尔古岱将其处斩？

二、应与额尔德尼同罪同罚。

连努尔哈赤都承认，额尔德尼是皇太极的人，因为当找不到额尔德尼的时候，都会发现其在皇太极处。额尔德尼真正致死的原因并不是受贿，而是与皇太极结党。因此武尔古岱也应一样。

三、对皇太极提出质疑。

这一点也可与额尔德尼的案子同看。额尔德尼私藏东珠，说是皇太极知道；武尔古岱收到金子，也说是皇太极知道。为什么其他的贝勒不知道，巧合的是这两件事怎么偏偏皇太极都知道？

有此三项罪名，武尔古岱死罪难逃。

但努尔哈赤还是放了武尔古岱一条生路，将他从都堂降为备御，而且限制他的行动，只能参加公共活动性质的聚会，而不能私自与其他人接触，别人也不能私自拜访武尔古岱。

令人产生怀疑的是，努尔哈赤以及审理案件的官员并没有对自首的行贿中间人王彬和李殿魁提出处理意见，也没有对行贿者进行过处罚。相比较而言，在处理扈尔汉的案件时，努尔哈赤曾将行贿的济尔哈朗等人加以羞辱并将他们囚禁了三日三夜。何以对“龙子龙孙”施以重典，而对地位较之极为低下的行贿者置之不问呢？想必是济尔哈朗等人行贿是替皇太极谋取政治利益，而这次的行贿者只是想谋求比较舒适的官职而已，但是依照努尔哈赤赏善罚恶的果断性格，似乎有些不近情理。

还有，在王彬的招供中，涉嫌受贿的还有汉官佟养性和刘兴祚。武尔古岱因为和刘兴祚有嫌隙，他怕是刘兴祚布置的陷阱而不敢收。与皇太极商量后，皇太极告诉他，他尽管收下来，静观其变。这也是审理的官员所提到的唯独皇太极知道的事情。这件事情因为牵涉了皇太极，而且案中也对皇太极提出了质疑，奈何对刘兴祚以及佟养性却不置一词。

至此，努尔哈赤天命时代的四大疑案全部结束。案件的主角扈尔汉、阿敦、额尔德尼或者正法，或者去世，唯余一个武尔古岱被圈禁在高墙之内。这四个案件都涉及皇太极。当《满文老档》的记录者和审定者还不懂得为尊者讳和“春秋笔法”的时候，全文录下了努尔哈赤的“庭训”。努尔哈赤甚至开门见山地说道，你想为汗？

尽管说不想当元帅的兵不是好兵，但元帅可以有很多个，而汗是唯一的，儿子想为汗，将置父于何地，将置其他的兄弟于何地？在康熙年间，皇太子胤礽仍言道，你们见过当了三十年的太子吗？潜台词就是乃父活的时间太长了，自己已经等不及了。这话辗转传到康熙的耳中，这自然是大为诟病。

八

其实，努尔哈赤心中很清楚，不仅是皇太极，另外两个儿子大贝勒代善、三贝勒莽古尔泰，谁不想在他百年之后，成为金国的大汗？故努尔哈赤命令自己的三个儿子“自述其罪”。

这三个人对自己以前所犯的罪过进行了深刻反省并表示日后一定勉力为国。代善讲的大概是自己之前的丑事，不外乎涉嫌与大福晋私通、与努尔哈赤争宅基地等问题。莽古尔泰回答得非常耿直：“我既无所长，亦不为非作歹。”自己的过失无外乎对额尔德尼的东珠事件人云亦云，没有主见。

这两个人的一番言语算是过关，而且努尔哈赤并不打算对他们进行深究，他关注的是皇太极说些什么。

皇太极知道努尔哈赤是冲着自己来的，他的文字也写得非常委婉，足以引起老父亲的垂怜。他从努尔哈赤对自己的训斥“尔欲为汗乎”说起，讲当时自己的处境非常困难不知是进还是退。如果就此隐退，难道自己的父亲说自己一句重话就吃不住了吗？但如果强加争辩，将会引起老父的震怒。自己何去何从，难以言表。故而心中既有苦闷，也有悔恨。努尔哈赤基本上还算满意，赐给他们八个字“专心为政，不为私谋”。

此时，努尔哈赤已将都城迁到了沈阳，并定名为盛京。在进入辽东之后，努尔哈赤本想将辽阳作为都城，后来嫌辽阳城大而破难以固守，便在辽阳之东构筑新城，称为东京。努尔哈赤建议迁到沈阳时遭到了诸贝勒大臣的反对，他们认为抛弃新筑成的东京另往沈阳，太耗费人力物力。

而努尔哈赤则认为，沈阳为四通八达之地，南征大明、西征蒙古、东征朝鲜均非常方便。但从地图上来看，除去西征蒙古，南征和东征的路途辽阳比由沈阳近得多。据说，努尔哈赤迁都的真实原因是沈阳的风水好。

明军的柳河之败即是努尔哈赤的耀州大捷。耀州大捷促使努尔哈赤下了甄别之令。这次针对的是“非我保举之官，或原为明官，今已革职之书生、大臣等人”，也就是在籍的绅士。因为努尔哈赤发现，在叛民中，这些人是或明或暗的领袖人物。在明朝，绅权极重，乡绅不仅能够左右官府，在民众中也有极高的威望。在此前，因为粮食和逃民的问题，努尔哈赤曾杀富人、杀穷人，这次他则将屠刀架在了读书人的头上。

九

这次杀戮之惨，辽东的读书人几乎无一幸免。不久，努尔哈赤也觉得不大对头，他赶紧下令停止，但已经来不及了。范文程如果赶在此时，早已经在被绑的十七人中先挨一刀，何来日后的献策进关。而在此之前，努尔哈赤对这些在籍乡绅还是比较客气的，有一位原任知州，曾经逃跑两次被抓回而没被杀死。这位知州誓死要逃，到第三次终于逃跑成功。

驻守耀州的将士带着俘获的六百七十四战马和甲胄等战利品前来报捷，努尔哈赤亲自出城迎接，并祭告堂子，于十里外杀牛祭旗。从天启元年二月至今，已经三年半的时间，金军和明军的正规军还没有正式交过手。与明军正面接触的只是与镇守皮岛的毛文龙军的小规模遭遇战。

毛文龙的部队其实远远不是他向朝廷奏报的那样，屡战屡胜。曾经有三个女真妇女挥舞丈夫的大刀，吓退正在趁黑攀爬城墙的三百名明军。努尔哈赤亲自接见这三位妇女，并根据她们“出场”顺序授予不同的官职。

努尔哈赤对毛文龙和朝鲜的虚实已经尽在掌握。这些情报来源于两个从朝鲜逃来的政治难民，一个叫韩润，一个叫韩义，是亲哥儿俩。他们的父亲韩明廉因为不满意朝鲜新国王对自己的处置，便带领三千军马杀进王京。新国王仓皇逃窜，但是军中却发生内乱，支持国王的军队趁机反扑。韩明廉几乎全军覆没，只逃出了这两个儿子。他们辗转来到辽东，刚进入边界便被金军拿获带至努尔哈赤的面前。

他们告诉努尔哈赤朝鲜防守空虚，自己的父亲带领三千孤军便能够长驱直入，金军更是能够直捣王京；毛文龙只有乌合之众七八千人，但是内地来的商人却极多，货如山积。毛文龙，一为筹集军费，二为聚敛钱财。韩润、韩义劝努尔哈赤趁朝鲜新旧更替的时候进军，不仅打朝鲜一个措手不及，还可以顺势灭掉毛文龙，一举两得，这是一劳永逸的最佳时机。

进攻朝鲜，是现阶段努尔哈赤所不敢进行的军事行动。因为孙承宗在山海关外稳步推进，前锋已推进到距离山海关四百里的地方。明军之所以敢于渡河作战袭取耀州，凭借的就是努尔哈赤的主力远在辽沈一带，难以驰援。

幸亏明朝的边吏有互相掣肘的习性，致使明军渡河者为数不多，才使耀州守军得手。进攻朝鲜的军队如果为数过少，则无济于事；如果过多，则后方空虚。万一深入朝鲜形成胶着状态，孙承宗便会渔翁得利。

努尔哈赤生平不用险，就是对于偏处一隅的毛文龙也不会大张挞伐，只等待毛文龙进入境内再予以痛歼。

第三章 宁远血战

袁崇焕并非如袁应泰守辽阳一般，只凭血气之勇。袁崇焕有红衣大炮，宁远城修筑得法，军心民心可用，防谍措施得力，所谓“谋定而后战”。

宁远孤城，袁崇焕官卑职小，努尔哈赤并未将他放在眼里。哪知道，强攻两日，宁远竟岿然不动。

不仅努尔哈赤，明朝人人都料想宁远必定落入敌手。谁想宁远血战，打破了努尔哈赤战无不胜、攻无不克的神话。《明史》称，此前金军只知有战不知有守，议战守，自此役始。

甚至有传言，宁远的大炮打中了努尔哈赤。后来努尔哈赤的死因，便被人归结为大炮击中的旧伤复发。于是有人因缘附会，称当时炮弹打中一座金顶大帐，随后看到金国贝勒个个痛哭流涕，挥泪拥着一辆马车仓皇而去。

此役之后，袁崇焕归纳出对付金军的绝佳方法，那便是“凭坚城用大炮”。在萨尔浒之战中，明军就使用了大炮，可惜的是当时是野战，在金军的快马利箭之下，毫无优势可言。

以后历次的城防战，几乎无一役不用火炮。但是将火炮威力发挥至极致的，唯有袁崇焕。

一

努尔哈赤派手下的汉官刘维国、金盛晋两人到毛文龙处下书，诱使毛文龙进攻朝鲜义州城，与自己比邻而居。如果毛文龙担心兵少，自己可以慷慨助拳。并以汉朝的韩信弃楚霸王归刘邦、尉迟敬德舍弃刘武周归李世民为例，劝毛文龙“弃暗投明”。

努尔哈赤之所以如此，是因为他得到情报，毛文龙杀掉了明朝的钦差，致使明帝怨恨，有借朝鲜之手将其擒获的打算。岂不知，此时的毛文龙尽管不如在镇江之役后声名鼎盛，但仍为朝臣所倚重。努尔哈赤也知道这种说法的可靠程度不高，故而暗有妙计埋伏。

除“国书”之外，刘维国、金盛晋囊中还有“蜡丸”。这是按照努尔哈赤的指示，由投降的汉官书写的，指明自己的不得已之处，要在毛文龙进攻努尔哈赤的时候作为内应。这当然是诱敌之计。刘维国、金盛晋也是冒了极大的风险，如果努尔哈赤说他们以假作真，那就跳进黄河也洗不清了。随着孙承宗的稳步推进和逃民的不断增多，努尔哈赤对汉官也是越来越怀疑，动辄骂他们心怀明帝，不信自己已经为上天所眷顾。

忠心耿耿的汉官魁首李永芳、刘兴祚均被降职，李永芳的长子李延庚和刘兴祚还被绑缚到沈阳。努尔哈赤千叮咛万嘱咐要严加看守，担心他们半路自尽。结果努尔哈赤查无实据，很快将他们释放。但这件事在汉官的心中留下了阴影，汉官们心有余悸，担心努尔哈赤的怀疑之心落在自己的头上，到时可能就不会像李、刘一样只是虚惊一场了。

毛文龙丝毫不为所动，因为他很清楚，努尔哈赤不会在急切之间对自己动手。故不仅未听从刘维国、金盛晋两人之言，反而将他们扭送到朝廷，成就了一场大功劳，显示了自己忠心耿耿。

努尔哈赤偷鸡不成蚀把米，好生无趣。

努尔哈赤接到科尔沁贝勒奥巴的飞书告急，他言道察哈尔要来进攻自己。察哈尔部自认是成吉思汗的嫡系子孙，对蒙古各部拥有当然的君主权。但是，自己的实力并没有压倒性的优势，各部已然是尾大不掉。为了证明自己的力量，察哈尔的林丹汗决定拿最亲近努尔哈赤的科尔沁开刀。努尔哈赤也认为如果要蒙古各部臣属于自己，与林丹汗将必有一战。

林丹汗扬言进攻科尔沁已不是一天两天了，尽管努尔哈赤早已下定决心与林丹汗一战，但现在还不是最佳时机。努尔哈赤担心科尔沁是在张皇其事，林丹汗是在虚张声势。故此，他仅派出几名使者前去探察实情。努尔哈赤还告诉奥巴，就算是林丹汗前来进攻，也不用过于担心，只需婴城固守，不要凭一时的血气之勇与敌人野战，林丹汗不会讨得便宜。

二

但是奥巴沉不住气，看到努尔哈赤的使者仅带了十名炮手，他又接连派出使者求救。此时，努尔哈赤的使者已经带回确切消息，称林丹汗确实已经出动。但努尔哈赤却故意拖延时间，他的目的是使用权术，使奥巴看到其自身的脆弱和他的重要性，这样才能够使奥巴在战后对自己死心塌地。

奥巴的使者道路相接，急如星火。努尔哈赤点齐人马，先期派出两千人驰援，自己带领大队人马随后。努尔哈赤行军至镇北堡后，决定不再亲征，而派四个儿子莽古尔泰、皇太极、阿巴泰、阿济格和侄子济尔哈朗带兵五千前往。原因可能是这些子侄辈担心努尔哈赤年迈，遂苦心劝他回；也可能是努尔哈赤觉得此次并非是与林丹汗的决战，自己前往有些自掉身价。

察哈尔果然不堪一击，他们正在攻城之际闻听金军驰到，便撤围而还。此役尽管没有什么战果，但带来的政治意义是很大的。努尔哈赤成为了“及时雨”般的人物，而且蒙古各部看到察哈尔始终是自己的威胁，而努尔哈赤能够保全自己，大大增加了蒙古归降努尔哈赤之心。

努尔哈赤既没有了后顾之忧，便可以一心攻明了。天启六年正月十四日，努尔哈赤尽起八旗精锐五六万人渡过辽河，向辽西杀来。他的目标是攻取山海关，与明朝以长城为界。“两京锁钥无双地，万里长城第一关。”奈何努尔哈赤竟然相信自己已经有了如此之大的能量，要与明朝展开长城大决战。

努尔哈赤于十七日渡过辽河后，于旷野之处摆开行军阵势，南至海岸，北至广宁大道，横贯百里，首尾莫测，旌旗剑戟如林。其时，辽东经略高第早已得到情报，努尔哈赤要来进攻；并且进攻的时间也已摸清。辽东逃民不断，高第的情报主要来源于逃民之口。事实证明，这次情报的准确性非常之高。

冬季是辽东最为危险的季节，如同中原王朝进攻塞外一样，春去秋回。在春季，牧草尚未泛青，游牧民族的马匹未壮；等秋季草长马肥，便是汉军回师的季节了，否则将会有失陷的危险。反之则不同，塞外民族企图进攻中原王朝，秋季则是最好的季节。驻守边关的大将，屡屡视秋防为头等大事。冬季，辽河结冻，金军便可策马东来。冬季防守成为山海关守将的心头大事。

三

高第将这一消息紧急上报朝廷，朝廷照例是惊慌失措，召开九卿科道会议商议对策，与往常一样，他们建设性的意见一条也没有；京城的老百姓早已是人心惶惶，有些人早早地南下，甚至个别官员也悄悄将家眷移出京师。这说明，很多人不仅认为山海关难保，而且认为京城也难免会有刀兵之灾。

的确，明军在关外的形势已岌岌可危。山海关之外，明军驻守的只有两城一岛——宁远城、前屯卫和觉华岛。按照高第的部署，宁远在撤兵的范围之内，只是袁崇焕抗命不遵，高第也无可奈何；觉华岛是明军的存粮之所，尽管是海岛，可是与大陆相连的海域不仅狭窄，而且在冬季还会结冰。

觉华岛上有堆积如山的粮草，部分是通过海路由登莱、天津运来，一时之间难以运回关内。高第命令守将督促士兵凿冰，作为防止金军进攻的天然屏障。可是，这一年尤其严寒，冰凿而复合，合而复凿。觉华岛守军皆来自江南，忍耐辽东的严寒已经苦不堪言，凿冰使兵士们的手指冻下来不少，防御成效却是甚微。

前屯卫距离山海关七十余里，距离宁远城一百四十里，守将是赵率教。此地是天启元年广宁之败后、孙承宗巡边之前，明军号称有军驻守的唯一一座关外要塞。

高第给袁崇焕下达的最后一道命令，是让袁崇焕带领宁远城的军民撤入关内。袁崇焕置之不理，现在他的首要任务是布置城防工事。

就粮于敌，是最好的军事后勤保障措施；但对于己方而言，当然最好的办法是使敌人无粮可就。袁崇焕将城外的居民全部撤进城内，所有的粮草能够运进城的全部运入，不能运的全部烧毁。城外的所有民居一把火烧掉，敌人不仅不能因此宿营，也不能将此作为进攻时的隐蔽物和简陋工事，而且明军从城上望去可以一览无余。

右屯卫的粮食，袁崇焕可就鞭长莫及了。右屯卫基本居于宁远城和辽河的中间位置，都在二百里左右，金军的前锋一日可达。守军撤离的时候，让他们同时运走粮食当然是强人所难，但他们却连烧毁粮草的勇气都没有。努尔哈赤当然很满意，一路行来不仅一箭未发，还有这么多的粮草等着自己。努尔哈赤当仁不让，留下一小部分人马在此看守，派人将粮草陆续运回辽东。

另一个好消息同时传来，在海滨尚有部分粮草。辽东的粮饷大部分走的是海运，这些粮食尚未来得及运入右屯卫的粮仓。可见明军撤得是何等仓促。

四

努尔哈赤这次行军不是很急，他要给明军留出时间来逃跑，自己好坐享其成。从辽河岸至宁远城，仅四百余里的路程，他却整整走了九日。而正是这九日，给袁崇焕留出了足够的时间做出各种积极的防御措施。最为重要的一点是，袁崇焕从善如流，听从一位和尚的建议，将十一门红衣大炮挪到了城头的敌台。

在之前的战斗中，包括辽沈之战，都是将大炮安置在城外的明军阵地上。等金军一冲锋，炮兵阵地便被冲垮。血的教训证明，将炮位安置在城外，所发挥的作用只是“一次打击”。等装药再发的时候，金军马快，已经冲到眼前。且炮手难以隐蔽，暴露在金军的鸣镝之下。

这些红衣大炮是徐光启从葡萄牙等地引入的新式武器，不仅杀伤力惊人，而且射程远、精度高，非以前“土炮”所能比拟。宁远城的修筑也听取了徐光启的高见，在城墙的四角设置了“敌台”。这种敌台也是之前筑城所没有的，估计是部属孙元化等人的建议。敌台一面与城墙相连，另外三面凸出城外，将红衣大炮安置在此地，不仅三面都能够射击，而且和侧翼的敌台形成交叉火力，将大炮的潜力发挥到极致。

从日后战况来看，这位不知名和尚的一句话救了全城。其实早在天启元年，徐光启在引进红衣大炮之前，就提出不要像以前一样，将大炮设置在城外壕边，要“以炮护城，以城护炮”。在孙承宗督师期间，掌管火器的孙元化就是徐光启的门生，他已将徐光启的战术思想灌输给诸将。但是在紧要关头，却有人将这些建议抛之脑后，甚至提出为了防止大炮资敌，要将这些红衣大炮尽数销毁的建议。

袁崇焕命令左辅守西面，祖大寿守南面，朱梅守北面，满桂守东面并协防全城。袁崇焕和满桂分析，金军的主攻方向会在正临宁锦大道的东面，故而将东西作为武将之首满桂的汛地。炮兵阵地的负责人是罗立和彭簪古，他们分别负责西南、东北两面。罗立是袁崇焕的家人，生性聪明，对于这种新式武器一学就会，很快便熟练掌握了操作技术，故而担此重任。

吸取广宁、辽阳、沈阳失守的教训，袁崇焕起用书生来防止间谍、奸细，分别守住巷口，盘查可疑人等，如果发现有人不遵守戒严命令、四处活动，便可视为间谍，立时正法。袁崇焕移书前屯卫总兵赵率教、山海关总兵杨麒，他们如发现从宁远流出的一兵一卒，拿住即杀。

五

布置完毕，袁崇焕召集军民，慷慨誓师，“死中求生，必生无死”，要与宁远共存亡，并躬身下拜，军民感涕，城中一片团结之气。

正月二十三，努尔哈赤抵达宁远城下。他已经得到前哨的探报，说宁远城内尚有明军。从天启元年广宁之战后至今，努尔哈赤与明军尚未进行过像样的战斗。但是在他的眼中，明军最为擅长的战术就是逃跑，宁远城弹丸之地，不堪一击。

他派出使者，号称带领三十万大军，要袁崇焕早早出来投降。袁崇焕嘲笑努尔哈赤，如同当年努尔哈赤嘲笑杨镐一般，说就算是他有十三万大军，我也不会认为少，何必要撒此弥天大谎吓人？！并质问努尔哈赤，宁锦为当年所弃之城，天启元年尚且不取，奈何五年之后遽尔加兵？“义当死守，岂有降理”。

努尔哈赤并不担心宁远难以攻取，而是害怕宁远城的军民逃跑。袁崇焕寂寂无名，满桂虽有名将之称，但实际上还没打过什么硬仗。而且袁崇焕本人，与当年位高权重的杨镐、袁应泰、熊廷弼、王化贞相比，其官职微乎其微，远非独当一面的封疆大吏。而筑成仅两年的宁远城，连抚顺、开原也赶不上，更不可与沈阳、辽阳、广宁相比，城内的守军、粮食，也不可同日而语。攻取宁远，真如探囊取物般。

故此，努尔哈赤一到宁远城，即下令在宁远城的南面安营扎寨，控制住宁远至山海关的通道。这一方面可以防止袁崇焕弃城而逃，另一方面还可以狙击从山海关来援助的明军。围城打援是努尔哈赤的惯技，孰料想在经略高第的眼中，宁远早成了一座弃城。

第二日，努尔哈赤下令攻城。他确实是用兵老到，出其不意地将主攻方向选在了西南角，而不是袁崇焕所预测的东面。但是就他的攻城战术而言，仍然是当年的老战术，攻城的金军分为四个批次：第一批次是楯车，以五六寸厚的木板做成，上面裹上厚厚的生牛皮，主要用来抵挡明军的火器。第二批次是弓箭手，以楯车掩护，在明军进入射程后，开弓放箭。第三批次是满载泥土的小车，预备填塞沟壑，尤其是护城河或者明军挖掘的壕沟。第四批次则是铁骑，在楯车推进到一定距离，弓箭手射杀敌人的有生力量后，趁明军填装火药的间隙，便可冲垮明军炮兵阵地，继而是冲垮步兵阵地。

金军在历次的交战中，这种战术屡试不爽，但是努尔哈赤未料到明军此次战术大变，他们并没有出城拒战。

六

在红衣大炮的轰炸之下，楯车失去了战斗力。没有了楯车掩护的后三个批次，随着红衣大炮的巨响，人马腾空而起。努尔哈赤才发现这是一场硬仗。而袁崇焕则好整以暇，因为在战前他已经布置停当，现在要做的只是保持镇静，以维持军心民心。

据当时在宁远的朝鲜人记载，袁崇焕曾邀请他登上敌楼，与几个文人一起谈经论道。等听得城外如雷的马蹄声时，袁崇焕缓缓推开窗户，道一声，“贼至矣”。

宁远守军远距离作战使用红衣大炮，对付接近城池的金军则另有一件秘密武器。朝鲜人韩瑗日后追记，这个秘密武器便是数面大柜。不知这种大柜是就地取材从老百姓家搬来的衣柜，还是专门定做的。守军将大柜推出城堞，一半在城内，一半伸出城外。柜内藏有甲士若干，从中发射利箭、投掷石块，给近城的金军造成极大的杀伤力。

柜子伸出城外，如同缩小版的“敌台”，依旧是三面临敌，这样作战范围增加数倍；而身在柜内，金军的箭雨也对其无可奈何。为了守住宁远，袁崇焕手下的诸将想出了不少的奇思妙计，都相当实用有效。

努尔哈赤不相信在连克辽东名城之后，会拿不下小小的宁远。金军还有一个拿手好戏，那就是不惜一切代价逼近城墙，从墙根凿起，逐渐凿穿，甚至可以弄垮一段城墙，军士可以从此突入。当年清河堡就是失陷于金军此技，此军号称“铁头军”。

金军前赴后继，终于在城墙根凿出三四个凹进去的洞穴。工程进展到这一步，就会非常危险。金军缩在里面开凿，不仅火器难及，弓箭也难以奏效。这些洞穴逐渐扩大，宁远城有失守之虞。城中的百姓吓得大哭，纷纷埋怨袁崇焕，他们认为他是为了一己的功名，不仅自己死守不退，还不许百姓出城，满城百姓要被袁崇焕害死了。

外有强敌，内有人心思变的百姓，连军心都有些不稳了，宁远城危在旦夕。袁崇焕坐不住了，他从府库中找出一万一千两白银，放置在城头上，称能够杀敌者即赏银一锭。尽管军士奋勇杀敌，但是他们对于正在凿墙的金军却无计可施。这可就需要应变的捷才来施展手段了。

七

当年，辅佐幽居在南城的明英宗恢复帝位的内监曹吉祥，既担心明英宗对付自己，又想尝尝做皇帝的滋味。他的侄子曹钦仓皇造反，率领手下进攻皇城，火攻东安门。东安门是木门，眼看就要被烧毁。驻守此门的将领临危不乱，命令士兵拿来许多木料投入火中，“以火攻火”，巨大的火势就会封住通路，曹钦的士兵进无可进。宁远城中的通判金启倧就是这样的应变捷才。

金启倧的主意是弄来被褥，在里面裹上火药，点燃后掷入城下，掷离凿墙的金军越近越好。这样火势蔓延开来，并随着火药爆炸，不愁金军烧不死。袁崇焕闻言大喜，马上命令金启倧依此法实施。为确保有效，金启倧首先做了实验。这位应变捷才在实验中竟被突然爆炸的火药烧死，但同时也证明了他的方法是有效的。袁崇焕命令炮制金启倧的遗法，果如金启倧所言，金军死伤无数。很快，这种武器就有了一个新名字，叫做“万人敌”。

据说当时还有一位姓唐的通判，受命燃放火炮。在点燃火信之后，应该飞快地翻身滚入炮后数米处的隐蔽沟内，才能免于一死。但他不明白操作之法，结果被一炮轰死。战后，辽东有个谣言“坏了唐通判，好了袁崇焕”。意思是唐通判杀敌而死，袁崇焕荣升辽东巡抚。

翻检袁崇焕以及时人的奏疏，都没有看到此事。因燃放火器而死的只有金启倧，而且他的职衔就是通判。估计此事是附会金启倧而来。这一齐东野语必定是在袁崇焕被冤杀身之后，人们不明真相，以为袁崇焕真的是私通敌国，故而造出各种谣言。此不过其中之一而已。

在金启倧用生命换来的“万人敌”面前，努尔哈赤眼看讨不到便宜，便传令停止攻城。伤亡惨重的金军早就等着这一声令下了。袁崇焕招募了五十名勇士，趁夜偷偷下城，将金军来不及运走的各种攻城器械尽数烧毁，还杀掉若干金兵。

努尔哈赤是最会撤兵的人，在与其他女真部族交战的时候，努尔哈赤撤军之后，往往会布置下伏兵，杀追击的敌人一个措手不及。这次，努尔哈赤不仅白天的攻城憋了一肚子的气，夜里撤兵又吃了一个哑巴亏。

八

第二天，努尔哈赤再令攻城。这次进攻的主要突击战术仍然是凿城。从之前攻城的经验来看，金军的主要战术有四：第一是前面所说的四批次进攻法，主要用于攻坚；第二是利用奸细，暗开城门，这次袁崇焕严于防守，努尔哈赤无计可施；第三种是兵家所常用的竖云梯攻城法，但在明军的交叉火力下，此法也是难以施展；唯一可能奏效的就是第四种，也是最累的一种——凿城。尽管昨日伤亡惨重，但努尔哈赤仍认为这种方法最具可能性。

由于投掷火药，城中被褥很快用完，所有与布匹有关的东西，除了身上穿的衣物外都已用尽，这也可见敌军攻势之猛。但先死的金启倧既然想出了这个方法，就不怕没有用来替代的东西。城中守军用柴草代替被褥，照样捆成一段，掺入火药杀敌。

宁远城至今方筑成不足两年，就将横行无忌的努尔哈赤阻挡了两日。当年初期负责筑城的是参将祖大寿，由于蓟辽总督王象乾、辽东巡抚阎鸣泰和督师孙承宗的意见并不一致，祖大寿认为筑城不过是摆摆样子，肯定不会是真的在这里驻守。故此祖大寿潦草完事，“筑仅十一，且疏薄不中程”。也就是说祖大寿没有按图施工，全凭己意而为。

后来也就是天启三年九月，袁崇焕下令大修宁远城，到第二年大功告成，宁远俨然成为关外重镇。同在城中的祖大寿会暗叫一声侥幸，如果宁远城的规模如自己初筑时一般，焉得有今日，估计金军早已破城。

一天的强攻，努尔哈赤仍然是无功而返。这也与宁远城储存了大量的火药有关。当年广宁之战时，明将罗一贯驻守西平堡，打得也很顽强，可惜最后火药不足，被金军轻取。当天夜里，袁崇焕从城中缒下两名勇敢的士兵，派他们潜出军营，到山海关辽东经略高第处报捷。

高第接报自然是喜出望外，因为包括他在内，朝中、关上大多数人认为宁远城必定会落入敌手，想不到袁崇焕的阻击战打得这样好。高第急忙修书，既给皇帝上奏疏，也要给兵部写报告，然后他遣急足到京师报捷。朝中的群臣正六神无主，接到高第的报告，满堂欢喜。但他们只是短暂的兴奋，担心这只是袁崇焕暂时的胜利，接下来的战报有可能是城毁人亡。

到了第三日，努尔哈赤认为这次出兵实际上已经失败了。他愤懑地呵斥李永芳："汝言此城易破，如何若此难攻？"这当然是迁怒于人，李永芳只得垂下头来不敢有所辩解。努尔哈赤将更大的怒气发到了觉华岛。

他派武纳格带兵去占领觉华岛。武纳格接到的命令是寸草不留。觉华岛在宁远南十六里处，与陆地的直线距离是八里。这一处不仅水浅，而且还会结冰。

九

在宁远接战之初，明军便派出大量人力凿冰，可惜凿而复合。这一天然的障碍对于努尔哈赤来说，已经不复存在，岛中没有城池，明军以车为营，结成“车城”。敌众我寡，兼之无险可守，明军大部分为水手，七八千名将士全部牺牲。所有的粮草物资都被付之一炬。袁崇焕何以不将觉华岛的明军全部撤入宁远城内，共同拒敌？莫非是高第拒不同意，还是袁崇焕思不及此？

宁远城的明军只能望岛兴叹，对自己的袍泽丝毫不能有所帮助。因为经过两天的激战，城中两万明军死一半，伤一半，就连袁崇焕也挂了彩，哪里还有余力救援觉华岛。有的记载还说，袁崇焕在努尔哈赤退兵之后，开城追击，追亡逐北三十余里。此又是典型的齐东野语，近在咫尺的觉华岛尚不能救，焉能指望袁崇焕“宜将剩勇追穷寇”？

袁崇焕派出使者给努尔哈赤带去礼品，并送去书信一封:“老将横行天下久矣，今日见败于小子，岂其数哉。”的确，努尔哈赤对于明军，目无余子，只有熊廷弼、孙承宗是大敌，早先的杨镐、袁应泰、王化贞，之后的王象乾、王在晋、高第等辈，皆是明朝的一二品大员，努尔哈赤尚且不放在眼里。袁崇焕出道最晚，在萨尔浒大战的万历四十七年方才成为进士，榜下即用为福建邵武知县。进入辽东之后，尽管成为孙承宗的左膀右臂，但他仍是寂寂无名的小辈，现在的官衔仅仅是按察使。

努尔哈赤本已郁结在心，接到袁崇焕的书信更是添堵，手下的贝勒、大臣叫嚣着要杀掉使者。努尔哈赤知道这是袁崇焕的激将法，自己岂能中计，他非常有风度地回赠了礼品，并不失身份地与袁崇焕约期再战。

《明史·袁崇焕传》中提道，“我大清举兵，所向无不摧破，诸将无敢议战守。议战守，自崇焕始。”本传的最后一句，“自崇焕死，边事益无人，明亡徵决矣。”这两句话前后呼应，前句说的是努尔哈赤的金军部队自宁远之败后，方知明军不好对付；后句说的是大明王朝自袁崇焕死后，辽东之事不可收拾，以至于亡。可见人才对时势的影响，正如唐朝诗人王昌龄的诗句，“但使龙城飞将在，不教胡马度阴山。”

努尔哈赤自万历十一年起兵以来，至今已历时四十余年，自己也从二十五岁的青年成了六十余岁的老翁。无论是与明军，还是女真内部的各种征战，努尔哈赤当真是战无不胜，攻无不克，所向披靡，唯独此次在宁远“这条阴沟”里翻了船。

第四章 大汗归天

努尔哈赤生于嘉靖三十八年，弄兵于万历十一年，时年二十五岁；万历四十四年，称“后金天命皇帝”，时年五十八岁；万历四十六年，起兵叛明，时年六十岁。六十老翁，而有此魄力，在历史上的确也很罕见。

历代的开国皇帝，大都是一代而成。唯有努尔哈赤，历经三代才得以入主中原。努尔哈赤经过了明朝的五代皇帝。嘉靖与隆庆年间，努尔哈赤为时尚幼；明光宗一月而亡，皆不足于论。可说的是明神宗与熹宗爷孙两人。

努尔哈赤以为父祖报仇的名义开始弄兵之时，明朝中已无张居正，神宗亦进入怠政时期。明熹宗则被称为“童昏”，朝政由明朝立国以来第一权阉魏忠贤把持。辽东方面，明朝有熊廷弼、孙承宗这样的良才美质而不能用。努尔哈赤可谓生逢其时，运字当头。

一

在从宁远回师的路上，努尔哈赤愤懑不言，代善等人也难以排解老父的心事。经由右屯卫时，努尔哈赤下令将所有的粮草尽数焚烧。当年攻取广宁之后，为了运输河西的物资，努尔哈赤进行全国总动员，历时一年多才运完。这次右屯卫的十余万石粮食，也难以扫清他心中的阴霾。唯有一把火烧去，才稍去些许怒气。

努尔哈赤心中排解不去的苦恼是如何对付宁远城的红衣大炮。他愁肠百转，百思不得其解。

努尔哈赤于二月初七回到沈阳，大妃阿巴亥携诸位福晋在城外迎接。在此之前，这些女眷已经知道努尔哈赤出师未捷，在宁远被袁崇焕的一阵炮击打回。这也是她们首次面对铩羽而归的将士。努尔哈赤屡屡教训子侄及属下："攻城必操胜算而后动，若攻之不能拔，反损兵气。"如今，努尔哈赤犯了这条戒规，将自己战无不胜的神话打破。回到沈阳，他要考虑这样两个问题："何独宁远一城不能下也？""袁崇焕何人？"

与努尔哈赤的沈阳相比，明朝的北京城则是万人空巷，举国庆祝。在此之前，所有的人都认为宁远会被金军的铁骑蹂躏，山海关危在旦夕。袁崇焕在努尔哈赤撤兵之后，再次派人向经略高第报捷。高第随即派出飞骑向京师禀报。朝中大小官员悬着的心方才落下。

"宁城死守，袁崇焕将逃局打破。"京中官民弹冠相庆，相关人士加官晋爵。但是功劳最大的还是魏忠贤，而不是苦守宁远的袁崇焕。因为决战千里毕竟是匹夫之勇，而魏忠贤则是运筹帷幄，早已洞见先机。唯一尴尬的是辽东经略高第，他身在关门，是负责对抗金军的首领，不仅在之前弃守关外，后来还拥兵不救宁远。但是高第厚着脸皮一方面为自己表功，另一方面先推诿于山海关总兵杨麒，再卸罪于自己的前任孙承宗。

高第说得玄之又玄："臣素讲太乙理数，今年太乙神在凭城，负险多用枪炮摧打，奴自败去；太乙神在东北，我若出兵迫敌，是我犯太岁，能取胜乎？"他真是不知所云了。这也是他尚有一丝羞耻之心，自己如何定计、如何排兵布阵终究是说不出口的，只能归之于天数。

二

高第将拥兵不救的责任一股脑儿地推到杨麒身上，说他"懦怯不前"。摆事实、讲道理，杨麒哪里是科甲出身的高第的对手，结果杨麒当了替罪羊，被削职为民。

高第将自己不救宁远解释为非不愿也，而是不能也，有其心而无其力。山海关只有五万人，如果救援宁远，万一关门有失，则危及京师，自己是从大局着眼，并非不救宁远。他这就与推诿给杨麒的罪过自相矛盾了，从高第所言的兵额而言，就算是杨麒奋勇出师，高第会不会派出兵马，难道要杨麟单骑赴敌？

这就是一个悖论，高第陷入了自设的一个怪圈。事先不努力，事后不负责任地说一些昏头昏脑的话。高第说的五万兵，却并非拍脑门出来的数字。在广宁败后，逃军加原来山海关的守军确实是五万，只是高第说晚了五年。在孙承宗镇守山海关后，山海关内外的兵额达到了十一万之多。

接到高第的奏疏，魏忠贤顾不得其中的自相矛盾，他要借机向孙承宗报复。孙承宗在任时，都是按照十一万七千人发的饷，如果以高第所报五万人为依据，则可治孙承宗贪污军饷的罪名——让这位前内阁大学士身败名裂的机会到了。孙承宗得到消息后，派人到户部说明情况：自己当年离关时，交代给高第的是十一万七千人，高第接任之后，也是按照十一万七千人领的饷。现在高第既然自称现在只有五万人，休论此前是否吃空额的问题，你们户部就支付给他五万人的饷，看他怎么办？我现在先不上疏争辩，高第会自悔失言的。如果我现在上疏，传扬出去，外夷会笑话我们的经略大臣连统辖多少兵都搞不清楚。

这一下，高第可“麻了爪”。如果硬着头皮说是五万人，户部每个月只按此数给饷，另外的六万七千人怎么办？况且自己也是按照十一万七千人领的饷，如此算下，自己也多领了六万多人的饷，至少与孙承宗同罪。高第左思右想还是说了假话，自己给自己找台阶下，说以前看到的确实是五万，现在算上某地，综合计算是十一万多。

高第搬起石头砸了自己的脚，闹了个自讨没趣，被革职还乡。这也是孙承宗的忠厚之处，如果他慷慨激昂地上疏抗辩，又一场官司下来，高第会比现在惨许多。

三

身在第一线的袁崇焕和努尔哈赤则重点分析这次战斗的成败之因。汉官刘学文向努尔哈赤分析宁远之败的原因主要有三，一是自广宁之战后，八旗军队五年未战，主将怠惰，兵无战心；二是器械朽坏，兵刃无锋；第三条是最要命的——轻敌。

所谓骄兵必败，努尔哈赤自认横行辽东四十余年，生平从未遇到过敌手，日久骄心生，他认为兵事不过如此。刘学文的分析自然极为精当，但是他只分析己方的原因，没有对明军的策略进行研究，而这才是努尔哈赤最为关心的。

或者袁崇焕事后的分析能够提起努尔哈赤的精神。袁崇焕认为宁远之所以能够击退努尔哈赤，最主要是“凭坚城用大炮”。时任御史的徐光启在广宁失守之前就有如此建议，但是当时的主要舆论认为，凭城固守是怯弱的表现，出城野战方是为将的根本。这是明说的道理，他背后却也有一些不可告人的目的，那就是出城野战还有机会逃跑；如果坚守城池，自己将无路可退。

以“凭坚城用大炮”为根本，当然还要辅之以“坚壁清野，乘间击惰”。可惜这些意见努尔哈赤是听不到的。

刘学文进言的重点并不是分析失败的原因，而是借机向努尔哈赤建议重用汉官。此时，汉官之中最为显赫的佟养性、李永芳、刘兴祚日渐失势，他们远没有广宁初捷后的威风。这也使辽东逃民渐多，努尔哈赤的疑心病随着年龄的增长日益加深。佟、李、刘尚且如此，其余的汉官更是不足道哉。

刘学文的切入点是“使功不如使过”。当然他不能明说女真将领功高权重，日渐萎靡。他认为，辽东逃民既然要逃，当然是有罪；如果赦免其罪，让他从军立功，对日后生活的改善有了盼头，自然也就不会再逃。逃民如此，汉官也是这样。与其让他们整日里无所事事，哪如派他们到前方杀敌。

刘学文还提出了致命的一招，绕过山海关，从关门西北八十里处的一片石入关，出其不意，攻其不备，直抵明都，“天启帝的宝贝、财货皆可得矣”。这一招确实毒辣，但要等皇太极继位之后，金军才得以直入中原，大杀明朝的元气。汉官也是如此，也要等皇太极建立“乌真超哈”，成为汉官立功的根本。

刘学文的建议尽管没有实施，但是他不知道通过什么途径，渐渐传到了毛文龙的耳中。他向朝廷送去急报。毛文龙的情报很详细，说努尔哈赤一方面从东面飞速调兵，并运输木材在江面上打造船只。另一方面调集众多的银匠打造金银项圈、瓢碗等物送给“西虏”买路，企图从山海关之西发动攻击。这是闰六月之初的禀报，预测努尔哈赤的进攻为当月的二十日。

四

不仅如此，从山东巡抚处也传来了警报，说是努尔哈赤自从宁远败回之后，一直在厉兵秣马，准备复仇行动。这里的情报也是在造船，但这次不是在江面，而是在觉华岛之东的连云岛。幸亏发现及时，一水之隔的登州总兵派人驾轻舟连夜渡海，将木材等物尽数焚毁。这些情报估计准确度都不高，一直到皇太极时，毛文龙的旧将孔有德、尚可喜、耿精忠等人投降之后，金军才有了像样的水师。而且一直到多尔衮挥师入关，金军包括易名之后的清军都没有用到成建制的船队。

据袁崇焕分析，努尔哈赤短时间内不会再次进兵。他承认努尔哈赤现在是“含愤蓄怒”，肯定是“急于一逞”。但是宁远败后，其内部可能有平时被努尔哈赤压制的人此时会产生二心，努尔哈赤必有内患，这样则不会专注于发动攻势。而且金军的攻城器械在宁远城下被焚烧一空，短时间内努尔哈赤不会完成战具上的准备。锦州、右屯卫一带经过两次兵火，努尔哈赤会考虑到“无所掠”的结果，也是不会轻易来攻的。

至于绕道山海关，袁崇焕断定努尔哈赤必不出此。因为根据他对努尔哈赤的了解，以及从研究努尔哈赤弄兵以来的各项战役表现来看，努尔哈赤“非万全不举”。为了避免危险，努尔哈赤宁可得而不守，如当年主动弃守广宁般，也不会守而复失。就如同当年的诸葛亮，一生用兵唯谨慎，六出祁山而不肯用魏延从子午谷出奇兵的建议。努尔哈赤并不是不知道山海关之西另有关口可入，但是“奇道亦险道”，努尔哈赤不会将四十年才形成的实力轻于一掷。

而此时，袁崇焕的布置非常巧妙，他派赵率教守前屯卫为后劲，满桂驻宁远为前锋，“战则一城援一城，守则一节顶一节，步步活绰，处处坚牢”。赵率教和满桂二人还要交相更替前进，如果推进到宁远之外，则赵率教改为前锋驻守；再往外扩展，则满桂为前锋驻守，赵率教再为后劲。如此，交叉推进，步步逼近。

此时明朝在山海关外，共有五城，宁远以南分别为中右所、中后所、前屯卫、中前所。袁崇焕将包括山海关在内的六城一分为二，赵率教负责山海关、中前所、前屯卫，驻地为前屯卫；满桂负责中后所、中右所、宁远，驻地为宁远。袁崇焕的职务已经由山东按察使升为辽东巡抚，他已经有权做出这样的调度安排。

五

尽管袁崇焕的布置很巧妙，无奈的是两位将领不和，满桂对赵率教意见很大。他两人本来是惺惺相惜的好朋友，在孙承宗任督师时就与袁崇焕共患难。歧见起于满桂对赵率教不亲身救援宁远。当时赵率教也有自己的汛地，他驻扎中前所，袁崇焕的将令是“放一贼过前屯，即赵率教之罪”。

即使在这样的严令之下，在努尔哈赤兵临宁远之前，赵率教还是将自己手下的全部步兵派到了宁远。但满桂仍觉得赵率教不够朋友，不能同生共死，拒不让援军进城。经袁崇焕劝说，才得以进驻；但是进城之后，又拒不让其参与守城；直到形势到了非常危急的时刻，城池的西北角快被攻陷之时，赵率教派出的援军才得以参加守城之役。

更令满桂耿耿于怀的是赵率教也在朝廷的封赏之内，他觉得赵率教完全是在取巧，这是满桂这位粗鲁的蒙古大将所难以容忍的。满桂觉得世道不公平，人心难测，他时时处处怒骂赵率教，而赵率教则是听之任之，没有过激的反应。

不仅对赵率教，对于其他的将领、士卒，满桂也是毫无恩义可言。就连上司袁崇焕，也仅仅是“得其不怒”而已。世说张飞谩下敬上，关羽傲上礼下，满桂则是既谩下又傲上。这次宁远立功之后，满桂更有些盛气凌人，以至于副将、参将、游击直到最下级的士兵"有一合于满桂乎"？

满桂只可以作为冲锋陷阵的猛将，现在作为大明地方军队的最高指挥官——总兵官，既要协调手下诸将，又要与同僚打好交道，才能够在战场上得其力。在崇祯二年，皇太极兵临城下，袁崇焕被逮，赵率教战死，满桂被任命为最高指挥官，辽东军队本来已经军心不稳，看到满桂出任，更是群情激荡。祖大寿东逃，此亦原因之一。在满桂战死之后，甚至有传言说他是被自己人放了冷箭。由此可见满桂之为人。

满桂意气用事，久而久之，袁崇焕对他的意见也很大。满桂也是一员猛将，袁崇焕对他同样折节下交。在城防战中，满桂的表现本来就令袁崇焕有些不满，现在又与赵率教闹意气，他担心日后满桂"欲出战则出战，欲不堵门则不堵门，欲不移大炮则不移大炮"，作为指挥官的袁崇焕将何以处之？

袁崇焕决定舍弃满桂，尽管他也认为满桂"廉似杜松，勇似贺世贤"，但是由于他意气用事，所关封疆事大。他建议朝廷撤换满桂，或者"优之大镇"，或者"招之回府"。至于赵率教"猷略渊远，着数平实"，他将关内外事权尽归赵率教。为了保持两镇更迭前进的初衷，袁崇焕推荐同守宁远的左辅作为后补，派其进驻锦州。

六

本来朝廷已经同意袁崇焕的意见，可是督师王之臣从半路杀出为满桂出头。王之臣之所以这样做，并不是从大局考虑，也不是因为和满桂有私交，而是单单因为程序问题。王之臣作为督师，是辽东事务的最高指挥官；袁崇焕作为巡抚应该是听他节制，有事应该与王之臣会商，征得王之臣同意后，两人再联名上疏或者袁崇焕单衔上奏。袁崇焕在此之前并未征求王之臣的意见，事后亦未取得王之臣的谅解，致使这位督师大人极为不满，因此上疏恳求留下满桂。

袁崇焕这样做也是没有问题的，因为在朝廷颁发的敕书中，有“事关军务，无避专决”的字样。而且袁崇焕就是这样一个具有杀伐决断的人。当年任监军的时候，他曾力斩一名小校为孙承宗批评。而且袁崇焕认为，临敌易大将，绝对不能迟疑观望，否则会变生不测。如果他与王之臣书信往来进行磋商，宁远与山海关相距二百里，难免会走漏消息，闹得传言籍籍。

辽东兵兴以来，既有巡抚，又有经略。在辽东未失之前，还可以一个驻扎辽阳，一个驻扎广宁，相互掣肘较少，经略也可以专注于军事，巡抚可以致力于民事和后勤。但在辽东失守之后，王化贞和熊廷弼一个巡抚一个经略，战时事权不分，战后同进监牢。广宁失守之后，巡抚、经略困守在关前数百里之内，而且还有一位蓟辽总督掺和其中，更是难以调和。孙承宗曾做过努力，也只是在他罢职之后，才将巡抚一职一并撤去。袁崇焕宁远立功之后，将这一裁撤不足一年的官帽又戴到了自己的头上。

新任巡抚、新任督师上任不足半年，便又互成参商。袁崇焕认为“经抚并设，究竟不便”，这是“十年痼疾”，恳请朝廷允许自己回籍终制，为自己的老父守足三年之丧。并建议从此之后，将辽东巡抚一职罢而不设，辽东之事专任督师。王之臣也称“从来边事，坏于不合，必去一方可为，请自引避”。这是官场惯用的策略，一遭攻击，即请辞职，其中是非由朝廷评断。

由于此时袁崇焕的声名日隆，朝廷又怎么舍得新立大功的他离去？如果袁崇焕一去，必定是请求其留下的奏疏不绝于朝，而且也不能够因为意见不和，就将王之臣罢免。这样就会在无形中纵容袁崇焕的骄矫二气，致使辽东形成尾大不掉之局。朝廷不会允许一人做大，要互相牵制才能够得以操纵自如。这是帝王的不传之秘。

七

最后协调的结果是，袁崇焕做出让步，接纳王之臣的意见，由满桂任山海关总兵。朝廷还对督师和巡抚的权力范围进行了划分，以中前所为界，之北由袁崇焕负责，之南由王之臣负责。至此这一段纷扰之事才算风平浪静。

满桂必定是对王之臣心怀感激，如果立功之后反被攻击而去，离开自已建功立业的关内外，这对自尊心极强的满桂而言是非常难为情的；袁崇焕也并不是非要将满桂如何如何，毕竟他是他与自己共患难五年之久的袍泽。

至此，明朝关前的巡抚、督师之争告一段落。辽河彼岸的努尔哈赤渐渐有了倦勤之意，他基本上将国家大政都交给四大贝勒处理。渐渐地金国内部有了议论，说努尔哈赤不再留心治道、国势安危和民情甘苦。努尔哈赤愤愤不平，说你们提出的建议通通没有建设性，见你们有何用?

有一种说法是努尔哈赤深居简出，主要通过皇太极“口含天宪”，使皇太极的势力在此前一度被削减之后，又重振声威。从四大贝勒的年龄和性格来说，的确是皇太极深得乃父之心。大贝勒代善已经四十余岁，经过历年的征战，已经渐生骄奢之心；三贝勒莽古尔泰性格属于粗豪一路，做事不计后果；二贝勒阿敏是侄子，毕竟隔着一层；四贝勒皇太极三十四岁，正是用事之年，加之他心思缜密，器局开朗，只有他适合“陪王伴驾”。

当听到喀尔喀背盟的消息，又激起了努尔哈赤的万丈雄心，他于四月初四带领诸贝勒大臣向西北方向征伐喀尔喀。喀尔喀早就与努尔哈赤盟誓，将明朝作为共同的仇敌，战则同战，和则同和。现在，喀尔喀贪图明朝的赏金，不仅在上年联合察哈尔进攻努尔哈赤的盟友科尔沁部，更令人难以容忍的是他们还杀害了金军的斥候。而且根据努尔哈赤的分析，喀尔喀与察哈尔暗中结盟，不仅要破坏科尔沁与努尔哈赤的联盟，还要在努尔哈赤的背后捣乱，使努尔哈赤不能专心与明用兵。

新败之后，金军有了一扫两个月前晦气的打算，一路行来他如入无人之境。喀尔喀部的首领夺路而逃，后被皇太极射于马下。双方基本上没有进行像样的战斗，喀尔喀部就已经被金军追亡逐北了。努尔哈赤派出两路人马，深入喀尔喀掠夺人口、牲畜。到了五月初一，不足一个月的时间，喀尔喀部便被金军横扫。

八

努尔哈赤在回军途中，接到警报，说是毛文龙率兵袭击鞍山。他火速回师，连夜赶回沈阳坐镇；诸贝勒率领得胜之师南下驰援鞍山。走到中途，鞍山守将来报，说已经杀退敌军。更为蹊跷的是，在几天之后，毛文龙的部队突然出现在萨尔浒城下。萨尔浒距离毛文龙占据的皮岛单算陆上里程近五百里，所过大部分是金军的防区，毛文龙的部队是如何实现轻兵远袭的？这次小规模的战役，毛文龙当然以失败告终。但如果毛文龙能实实在在地在此一线稳扎稳打，步步为营，与山海关紧密配合，说不定也会打开一番局面。

至此，努尔哈赤招降毛文龙之心全无。他将此前毛文龙派来的使者放回，称不再和明朝“看守南逃之人”的人谈什么和议，如果真有谈判的意图，使者必须是从山海关而来的，而且所持文件必须加盖皇帝的玉玺。当年毛文龙曾将努尔哈赤的使者绑缚朝廷，如今努尔哈赤对毛文龙还算客气。

送走毛文龙的使者，努尔哈赤迎来了科尔沁部落的奥巴贝勒。努尔哈赤听说奥巴在来访的途中，马上派出莽古尔泰和皇太极去迎接。莽古尔泰和皇太极走了三日，与奥巴于途中会合。五月二十一日，努尔哈赤亲迎奥巴于沈阳城外十里。奥巴首先拜谢去年杀退喀尔喀和察哈尔两部联军的恩义。

努尔哈赤接待奥巴的规格非常之高，三天一小宴，五日一大宴。他甚至告诉奥巴，想要什么尽管开口，不管这些东西是属于努尔哈赤自己还是八旗贝勒的，尽可随意索取。奥巴闻此自然是非常感动。在六月初六，努尔哈赤与奥巴盟誓。这也是超规格的。在此之前，代表金国盟誓的主要是努尔哈赤的子侄辈。努尔哈赤如此笼络奥巴，无非是借此机会使奥巴对自己、对金国彻底死心塌地。

在盟誓中，努尔哈赤少不得又抱怨明朝一番，他认为奥巴受困于察哈尔、喀尔喀，如同自己当年受制于明一样。现在难兄难弟到了一起，自然要相濡以沫，永世和好。奥巴自然也恭维努尔哈赤一番，但内心确实是心悦诚服。如果没有努尔哈赤的助拳，自己的财物、属下将尽数被察哈尔、喀尔喀掠去。现在努尔哈赤这棵“大树”不仅不居功自傲，还对自己折节下交，永世和好他当然是求之不得了。

这次立誓与之前不同的是，奥巴接受了努尔哈赤赐予的封号，叫作“土谢图汗”。这表明，奥巴不再是与努尔哈赤平起平坐的蒙古部落头领，而是接受了努尔哈赤封号的附庸。

九

到六月初十，努尔哈赤亲自送奥巴一日的路程，其后由代善、阿敏代送。奥巴此行是非常光鲜的，来则三贝勒、四贝勒恭迎，去则是大贝勒、二贝勒恭送。

当月二十四日，努尔哈赤引用商鞅、刘裕的言辞，以舜、傅说、百里奚为例，讲明天降大任苦其心志的大道理，要八旗贝勒赏必信、罚必严，“使我不与国事，得坐观尔等措置以舒其怀可也”。这次，努尔哈赤真的是要退居二线，做起“太上皇”了。

到了七月二十三，努尔哈赤感觉身体不适，他便去清河洗温泉澡。他戎马生涯四十三年，现在不知道身患何病，需要到温泉休养。按照温泉的治疗效果，应该是皮肤病或者血管方面的疾病。皮肤病不至于要人命，血管方面的疾病倒有几分靠谱。

按照明朝和朝鲜人的说法，努尔哈赤去清河休养是因为他在宁远受了炮伤。但是努尔哈赤行军经年，在年轻时代披坚执锐，冲锋在前。到了接近七旬，已经难以正面临敌，何况有子侄辈持其劳。在努尔哈赤后期，他已经不鼓励各位贝勒大臣亲自冲锋，就算是亲自冲锋之时，亲军也要随时保护左右。

在这种情况下，宁远的红衣大炮射程再远，焉能射到努尔哈赤？这只是明朝和朝鲜一厢情愿的说法。或者说是宁远败后，努尔哈赤忧愤成疾，终于死去。这与诸葛亮三气周公瑾一样不靠谱。作为首领，如果气量如此狭窄，如何成就大事。

二十一天之后，也就是八月十三日，努尔哈赤感觉大命将归，遂乘舟顺太子河而下，表明自己死也要死在沈阳。当时陪伴在努尔哈赤身边的有谁？是不是皇太极，现在史料查不到什么根据。按说，父亲已经六十八岁高龄，而且当时亦没有什么紧急的军国大事，儿子应该陪伴在父亲身边随时侍奉。

如果有儿子陪侍的话，第一个可以断定为皇太极。如果另有其他的儿子，则极有可能是多尔衮和多铎两兄弟。老父爱幼子，努尔哈赤在清河，有幼子陪在身边可以享天伦之乐。皇太极在身边则可以商谈国事，亦可传令下去，确保国事无误。努尔哈赤并没有带着他的最后一位大福晋，也就是多尔衮、多铎的生母大妃阿巴亥。

在回沈阳途中，努尔哈赤令人接大妃前来相见。估计努尔哈赤行将不起的消息由接大妃的使者传到沈阳，随后传到了努尔哈赤在沈阳的所有儿子和亲信贝勒大臣耳中。也有一点可以肯定，即计划拥护皇太极继位的亲信也在紧锣密鼓地悄悄布置。在悲痛的外表下，一场潜在的风雨正在酝酿。

努尔哈赤倒是显得非常平静，他已经将大事安排完毕，心中已经了无牵挂。走到距离沈阳四十里的叆鸡堡，努尔哈赤与世长辞。

第五章　天聪皇帝

努尔哈赤长子褚英的后人金承艺，曾做过胡适先生的私人助理，他生前为澳大利亚墨尔本大学的教授。他认为，后人称皇太极“夺位”之说不足为凭。

坚持称皇太极夺位的最大依据，是顺治八年二月清世祖颁下的《追谕睿王多尔衮罪状诏书》中曾说，“又擅自诳称，太宗文皇帝之即位，原系夺立”。

这份诏书中，说的是“夺立”而非“夺位”。“夺位”是已有应立的王子，而不当立的王子以力夺嫡；“夺立”是某王子携势继承。努尔哈赤生前并未指定继承人，说“夺立”可以，说“夺位”则似是而非。

大位授受之际，往往晦涩难明。有明一代，大多是预立太子。金国草创，何况努尔哈赤欲实行八旗共治，故而继承人迟迟未定。但努尔哈赤定下了标准。标准是其一，最重要的还是势力。皇太极在兄弟辈中，无出其右者。最具有竞争力的便是代善。

一

皇帝驾崩，所用的棺木称为“梓宫”。前后左右四角，每角需用三十二人，共需一百二十八人抬运。尽管努尔哈赤已称“皇帝”八年，但其迎丧的气派却非入关后可比。民间小康之家的一家之主，未到五十就预制了棺木，寄放在寺庙内，称为“寿材”。努尔哈赤毕竟是一国之汗，而且年近七旬，其装殓之物必已准备齐全。

所以，努尔哈赤虽然突然离世，大丧的应用之物必定是已备齐。最为要紧的是选定“嗣君”。

努尔哈赤死后，主持政务的四大贝勒代善、阿敏、莽古尔泰、皇太极首先逼死了父汗的“未亡人”大妃阿巴亥。这样做的目的至少有两个，一是解决目前的困境，二是防微杜渐。

阿巴亥有三子，即阿济格、多尔衮、多铎，在努尔哈赤的十六个儿子中，分别排名为第十二、第十四、第十五。在他们之下，还有一个叫作费扬古的，记载中只发现他在皇太极即位后的崇德年间被赐死，其余的资料都付之阙如。

当时阿济格十五岁、多尔衮十三岁、多铎只有十岁。尽管年幼，多尔衮、多铎手中分别握有正白、镶白两旗，至于阿济格，可能是因为资质的问题，不为其父所喜，故而没有成为全旗之主。

根据满洲人的习俗，幼子有继承家业的传统。三子之中，阿济格并非全旗之主，多铎年龄太小，最有可能的继承人就是多尔衮。

阿巴亥在三子之间连成一气，两旗的实力将增强多尔衮争位的能力。逼死阿巴亥即是在争位问题上排除这三个小兄弟。而且虽然目前阿巴亥对汗位没有兴趣，却不能保证其日后不会惹来麻烦。阿巴亥当年毕竟只有三十七岁，正当壮年，如果耐不住寂寞将会损及努尔哈赤的令名。更可怕的是，如果这位入幕之宾怀有野心，由她指挥三子控制两旗，将会在金国制造出内乱。故而，阿巴亥必须死。

当然，四大贝勒是“矫诏”，说父汗让阿巴亥殉葬。努尔哈赤死于离沈阳四十里的叆鸡堡，当时阿巴亥并未在场。有子年幼，赖母抚养，她自然不会相信努尔哈赤会有此遗命。但是在诸位贝勒的威逼之下，一个弱女子能有什么办法？而且，四大贝勒话里有话，如果阿巴亥自尽殉葬，他们将会好好照顾三个弟弟；反过来听，如果不自尽呢？阿巴亥在努尔哈赤身边二十余年，并不是没有见识的人，她也知道，自己必死无疑。

阿巴亥盛装打扮，拜托诸位贝勒要信守诺言，照顾好自己的三个儿子，然后自缢身亡。另一种说法是，阿巴亥是被弓弦勒死的。当不至于此，阿巴亥的三个儿子迟早会长大，如果施以这种手段，他们不担心日后遭到报复？

二

阿巴亥从万历二十九年归努尔哈赤以来，所见所闻俱是军国大事，她心中的大局意识日积月累，潜移默化地影响着她的思维。既然一定要死，那就要光明磊落地去死；而且要通过自己的死，为儿子争取更大的利益。

阿巴亥一死，无形中规避了幼子继承权。除了四大贝勒中的代善、莽古尔泰、皇太极，阿巴亥的三个儿子外，努尔哈赤尚有十个儿子。这十个儿子是被排除在继承权之外的。

一是根据金国子以母贵的传统，这十个儿子中九个是努尔哈赤的庶妃所生。努尔哈赤一生有四位正妻，第一个是原配夫人佟佳氏，所生两子是长子褚英、次子代善；第二个是称为继妃的富察氏，所生两子为五子莽古尔泰和十子德格类；第三个是被称为孝慈高皇后的叶赫那拉氏，所生一子为八子皇太极；第四个则是大妃乌拉那拉氏阿巴亥。

二是根据努尔哈赤曾经说过的继承汗位的条件和标准。天启二年三月初二，努尔哈赤在广宁曾有一番长谈，这可以看作他的政治遗嘱。继承汗位的必须是八旗旗主。这样就排除了德格类继位的可能性，但是增加了另外一位，即镶红旗旗主岳托。由于努尔哈赤的长子褚英被赐死，褚英的儿子杜度无形中也受到了牵连。由此，代善的儿子岳托便隐然成了努尔哈赤的长孙。于是，努尔哈赤在由四旗扩为八旗之时，将代善的正红旗一分为二，岳托便成了镶红旗旗主。皇太极握有两黄旗，代善握有正红旗，多尔衮、多铎兄弟分别是正白旗和镶白旗的旗主，阿敏是镶蓝旗旗主，莽古尔泰是正蓝旗的旗主。

岳托是代善的儿子，努尔哈赤的孙子辈，继位还轮不到他。父业子承的观念是深入人心的，阿敏是努尔哈赤的弟弟舒尔哈奇的儿子，故而阿敏和岳托一起被排除在外。

在众兄弟心照不宣地排除多尔衮兄弟后，可能继承汗位的就只有三位即代善、莽古尔泰、皇太极。这还得要从努尔哈赤的政治遗嘱中来找根据。努尔哈赤规定，继承汗位的这个人一定要“能受谏”、“非力强者”、“好善者”。

这个标准就比较笼统了，但就三人的性格而言，莽古尔泰首先在排除之列了。因为莽古尔泰性情鲁莽，在努尔哈赤怀疑其母富察氏与代善有染的时候，他曾经亲手弑母。从努尔哈赤的谈话中可以看出，“力强者”指的是崇尚武力并非指的是实力强大，莽古尔泰当属此类，这样范围就缩小在代善、皇太极两人身上。

从表面来看，代善的胜算要多一些，因为他毕竟是努尔哈赤诸子中的最长者，当时已经四十二岁。但是因为他曾经和自己的继母富察氏有过不清不楚的关系，他的名声也已经遭到破坏。而且努尔哈赤的三个标准中的两个“能受谏”、“好善者”都是与道德有关系的，故而皇太极几乎成了唯一合适的继承人选。

三

皇太极继承汗位的理论基础是完全具备的，但还需要有人提议，有人附议。提议的人是代善，而促使代善提议的是他的两个儿子岳托和萨哈廉。皇太极与岳托、萨哈廉年龄相近，名为叔侄实似兄弟。两人找到父亲，称“四大贝勒才德冠世，深得人心，众皆悦服”应该速正大位。

代善认为自己没有继承汗位的希望，就对皇太极表示了极大的支持。听到儿子的言论，代善表示“正合我意”“此吾夙心也”。

皇太极自己握有两黄旗，代善父子的两红旗是自己的支持者，多尔衮兄弟的两白旗也是以自己马首是瞻。剩下的就是阿敏的镶蓝旗和莽古尔泰的正蓝旗。从《满文老档》透露出来的信息来看，这两蓝旗的实力在八旗之中是最弱的，而且两旗内部也不是铁板一块。属于镶蓝旗的济尔哈朗、和属于正蓝旗的德格类也有分属于自己的牛录。

皇太极在诸小贝勒中的威望极高，除了岳托和萨哈廉，阿敏的弟弟济尔哈朗、莽古尔泰的同母弟弟德格类也是他的“死党”。从实力方面来看，皇太极和他的支持者具有压倒性的优势。

另一方面，皇太极具有极强的外援。金国最重要、最忠实的盟友就是蒙古的科尔沁部，皇太极的四个妃子都是来自这一部落。尽管在当时，科尔沁在金国内部的汗位继承上没有任何的发言权，但是在四面皆敌的金国来看，科尔沁的地位就显得相当重要了。

这样，代善提议后，众贝勒“皆喜曰：善”。代善本来是最具实力的竞争者，现在代善听从儿子的劝告，出来现身说法，甘于退让。而且众贝勒皆曰“善”，对皇太极有意见的阿敏、莽古尔泰也只能就范了。皇太极改年号为崇德后，第一位受封为亲王的便是代善，号为“礼”，即是表彰其谦恭退让之德。

皇太极顺理成章地成为努尔哈赤的继承人，为天聪汗，亦称“天聪皇帝”。这个天聪汗并非是“孤家寡人”，而是和其他的三大贝勒南向共坐，当时被金国人称为“三尊佛”。尽管按照努尔哈赤的政治设计是八旗共治，但是镶红旗旗主岳托、正白旗旗主多尔衮、镶白旗旗主多铎还是低于四大贝勒一格；而且皇太极的汗位并非是不可动摇的，如果他不纳谏，做事独断专行，便有可能被其他的贝勒罢免。

皇太极只能算是一个临时的“主席”职位。在他继位之初，所面临的第一项政治大事就表现出了令他尴尬的一面。

这个尴尬是对手袁崇焕带来的。在从巡哨的将士口中得知努尔哈赤病死的消息后，袁崇焕派出了吊丧使团，并透露了议和的意图。这种“明修栈道暗度陈仓”的手法在《三国演义》中有很多，而以努尔哈赤为首的女真将领都以《三国演义》作为兵法。熟知三国故事的皇太极当然明白，这是袁崇焕演的一场“柴桑口卧龙吊孝”。真也好假也罢，这毕竟是皇太极与明朝的第一次正面接触。

四

皇太极派达海、库尔缠到三大贝勒的府中去征求意见。但大贝勒代善“素服”，“俯卧榻旁”，二贝勒阿敏在卧室中“垂涕”，三贝勒莽古尔泰“盛饰”，“张筵宴”。达海和库尔缠“惊讶而出”。

这三个人的态度很值得怀疑，一是对皇太极的使者不够尊重，尽管当时汗位不如皇帝尊贵，但毕竟是大汗派来的使者，他们奈何如此傲慢；二是以这种姿态表示对皇太极议和的不满。达海和库尔缠没有得到任何明确的否定或者肯定的只言片语。这是事关金国今后战略的大事件，无论如何都应该认真对待，难怪达海和库尔缠“惊讶而出”。

袁崇焕遣使是得到熹宗皇帝或者准确地说是魏忠贤批准的。而且当时的情况也容不得袁崇焕独断专行，即使他不上奏，新近安插在身边的六位太监也会呈报京师的。这六位太监分别是司礼太监刘应坤，御马太监陶文、纪用、孙茂林、武俊、王莅朝。他们并非是来犒军行赏的，而是来做镇守的。

这个主意当然是魏忠贤出的。他在京师和腹地的威势已立，插手边疆事务则是权势膨胀后自然而然的结果。自战国时秦国的商鞅变法之后，凭军功封侯的观念已经深入人心。当然，在边臣的请功折中少不了厂臣如何运筹帷幄。魏忠贤已经凭借袁崇焕的宁远血战晋封伯爵。但魏忠贤早已不满足于此，他要派出自己的“替身”来证明自己的存在。

魏忠贤的做法遭到了大多数朝臣的反对，包括依附于他的阉党成员。魏忠贤通过熹宗下达谕旨，要在山海关一处设置六名镇守太监。这的确是“大手笔”，在一座关门设置如此之多的太监，确属罕见。在朝臣的奏疏中，动辄将祖制抬出来说事。明太祖曾严令不许太监参与政事、军事，除了他的孙子建文皇帝执行得较为彻底外，其余的十几位皇帝大多是阳奉阴违，自视为第二任皇帝的明成祖就是头一名。朝臣屡屡祭起的祖制大旗，效果不是很明显。

在熹宗的谕旨中，也说得很明确，不仅是本朝，前代也有太监建功立业的故事；不仅可作为平定内乱的先锋，还可作为立功绝域的边塞英雄。“未裁之先，边衅虽频而金瓯无缺；既革之后，虏骑未至而全镇胥沦。”在辽东，当年丧地辱师的时候并没有镇守太监，现实情况是文武不和，武将贪酷而文臣徇私，以至于此。如此看来，设置镇守太监“孰得孰失，何去何从，不辩自明矣”。

这道谕旨下来，群臣大哗。

五

这也足见魏忠贤尚未达到指鹿为马的境地。大学士丁绍轼指出这样做有三害：第一是分将吏之精神，第二是掣战守之肘，第三是文武相害。尤其是内阁和吏部、兵部请罢内监的合疏说得非常细致，他认为设置六名镇守太监有“四不便”：

第一，军机大事的处理在瞬间就需要作出判断，但是六名镇守太监要分别向皇上实则是魏忠贤作出汇报，不仅时间上有所耽搁而且还有泄密的风险。

第二，本来关门之上就有经略、蓟辽总督、辽东巡抚，三位高官的职权还划分得不是很明晰，现在又加上六位宦官，真正是“十羊九牧”。

第三，基层的文书传递工作又要多分送六个衙门，军书旁午之际哪里受得了公文旅行。

第四，六个人就是六个衙门，其中手下自然是鱼龙混杂，增加地方上的骚扰。

上疏要立言得体，才能够有所成效。这份公疏没有大的说教，只是将可能出现的各种情况一一铺陈开来，不仅熹宗皇帝，就连魏忠贤也略有所思。正在魏忠贤沉思之际，工科给事中虞廷陛来大内阅工。魏忠贤便问他外界的意见如何。因为摸不透魏忠贤的心思，虞廷陛一时之间难以作答。如果魏忠贤想设，则是一种说法；如果不想设，则是另外一种说法。

不仅是虞廷陛，在场的人都感觉这个问题很棘手。能够说服魏忠贤不设置镇守太监当然能够获得好名声，但为此如果得罪了厂臣则是大大的不值。结果是大学士冯铨首先发言扭转了局势，“上意已决，行之何害”。这一句话，打消了魏忠贤的顾虑，六位太监联袂来到山海关。

设置镇守太监或者监军的传统一直延续到明亡，可见冯铨的一句话影响何其深远。当然在魏忠贤看来，这只是一个小动作。更大的动作是修《三朝要典》，这本书的定位是“剖大疑”，提高到与明世宗嘉靖皇帝“定大统”比肩的高度。在熹宗所下谕旨中，将修书的目的说得很明确，就是要揭露东林党人的“丑恶面目”。

《三朝要典》主要写神宗朝的“梃击案”、光宗朝的“红丸案”、本朝的“移宫案”，所谓正本清源，是将以前的纷纷议论归于一统。谕旨中称东林党人“借梃击以要首功”，“借红丸以快私怨”，“借移宫以贪定策之勋，而希非望之福”。总裁官是顾秉谦、丁绍轼、黄立极、冯铨四位大学士。经过六个月的紧张编撰，《三朝要典》得以在天启六年六月大功告成。

这本书集《东林点将录》等书之大成，使魏忠贤得以据此大张挞伐。如果《东林点将录》只是一本书的目录，《三朝要典》则是皇皇巨著。拍马屁者称“命德讨罪，无微不彰”。

六

在这一年，魏忠贤的声名达到了最高峰，各地要求为他建生祠的奏疏不绝于途，始作俑者是浙江巡抚潘汝祯。

潘汝祯得到这个名号实在是有点儿冤枉，这个祠堂不是他修建的；在他赴任之前，便由杭州通判唐登隽、太监李实筑成的。建祠为的是颂扬魏忠贤减免了杭州织工的某些负担，潘汝祯为使这项惠民政策板上钉钉，故此才做了一只替罪羊。从此之后，魏忠贤的生祠几乎遍及域内。连袁崇焕也概莫能外，在辽东为魏忠贤建祠。

在内阁辅臣中，最为得势的是顾秉谦和冯铨。冯铨功名之心极强，一心想除掉顾秉谦自己做首辅。此前的魏广微已经因为指责锦衣卫大堂对杨涟施以酷刑而得罪魏忠贤，心中不安的他已于去年请辞。顾秉谦看得很清楚，自己不是冯铨的对手，便抽身早退。

崔呈秀看出了顾秉谦的良苦用心是为避开冯铨的锋芒，他要为顾秉谦报仇，而且冯铨咄咄逼人，如果长此以往，自己也会成为冯铨的下一个目标。既然如此，何不先发制人?

崔呈秀派出密探日夜监视冯铨，终于抓到了他受贿的证据。其实，受贿一节在阉党中并非奇闻，倒是顾秉谦有一则故事更是无聊。顾秉谦将一位叫李白春的人提拔到吏部文选司员外郎的位置后，便到他家中索贿。李白春借口无有现银，等日后答谢。顾秉谦仰头说，“我老年须见物，安用此道学语”。顾秉谦扬长而去后，李白春很快被革职为民。

崔呈秀将冯铨受贿的实情报知魏忠贤。魏忠贤很是生气，可见即使是罪大恶极的宦官头目也是非常厌恶行贿受贿的。在此前，兵部郎中吴淳夫刚刚弹劾了冯铨，说他“裘马之习仍在，轻浮之气未除”；“意欲太奢，交游不慎”。前后结合，要维持肥马轻裘、交游广阔的生活，更坐实了冯铨的受贿并非一时一日。其实吴淳夫的弹劾正是受了崔呈秀的指使，否则一个小小的郎中怎敢去触辅臣的霉头，况且这个辅臣正炙手可热。

魏忠贤面责冯铨，冯铨递交辞呈后很快获得批准。冯铨骤来骤去，魏忠贤的考语是“此庸庸可作相耶”。当年暗室密谋的交情，厂臣早已忘怀了。魏忠贤还为此责怪田尔耕“大误我事”。

田尔耕掌锦衣卫，刺探消息是他的本职工作，冯铨受贿之事不是出于他的口中而是来自于崔呈秀，故而魏忠贤对他的工作表示不满。但既为阉党，大多是趋炎附势之徒，招权纳贿是题中应有之义。

七

田尔耕哪里理会这些，他的主要工作是对付东林党。东林党人大多在这一年中死在田尔耕的手中，而且大多是死而不出其尸，只待腐烂得不成样子的时候才被亲人领出。执行命令的狱卒是叶文仲，在魏忠贤败后，叶文仲被东林党的后人活活打死。

刘一燝曾说，“国家二百六十年，阉祸凡三见”，一个是正统年间的王振，最大的罪过是引明英宗御驾亲征，被瓦剌的也先俘虏；另一个是正德年间的刘瑾，被杨一清结合内监张永拿获，为祸时间不是很长。唯独魏忠贤与熹宗共始终，只待熹宗死后才伏法。“而诛杀任意，衣冠屠戮，怨血生燐，未有若今日之甚也”。

不仅是衣冠缙绅，魏忠贤甚至还想要拿下中宫张皇后。对付后宫，魏忠贤早已驾轻就熟，但此前只是对付熹宗的妃子，这次则是拿正宫娘娘开刀。张皇后得罪魏忠贤据说是因为熹宗问她正在读什么书，张皇后说是《赵高传》，这分明是影射魏忠贤是赵高，魏忠贤岂能不恨。魏忠贤的妙计是从狱中找出一名死囚犯，说张皇后是他的女儿；然后写出一封奏疏，募人弹劾张皇后的父亲张国纪。借攻击张国纪打倒张皇后，而立魏忠贤的侄孙女为皇后。魏忠贤自以为此计不错，但是要招募到上疏人却并非易事。

“动摇国母”的罪名非同小可，与弹劾其他官吏不同，大不了是属于风闻奏事、所奏不实而已，事关中宫也就是一国之母，岂是风闻、不实所能够卸责的。尽管如此，还是有人应声而出。这个人便是刘志选，他是叶向高的同年，但因在大计中被革职家居三十年。所谓静极思动，等叶向高出任首辅后他百般示好，终于复出；为谋求更大的官职，他不惜攻击他的座主兼同年叶向高。此时他已经被魏忠贤提拔为顺天府丞，年逾七十。

他的家人打的如意算盘是，刘志选年龄长于魏忠贤，必死在魏忠贤前面；而有魏忠贤一天在，“动摇中宫”有功无过。他的家人要置刘志选的生死于不顾来谋求富贵，刘志选便揽下了这件差事。谁承想，到后来魏忠贤死了他还没死，只好自己找一根绳上吊身亡。

尽管奏疏说得很文雅，说是“丹山之穴、蓝田之种”，但很明显是在指责张皇后并非张国纪的亲生女儿。奏疏上去之后，熹宗并没有太大的反应。刘志选是应募而来，算是师出有名。巡边御史梁梦环看到刘志选的举动有些眼热，远在山海关驰疏而上。魏忠贤想进一步发动更大量级的攻势，被同僚王体乾劝阻。

八

司礼监太监王体乾非常清楚熹宗的为人，他认为熹宗对其他的事情漫不经心，唯独对妻子张皇后、弟弟信王朱由检有一份浓浓的亲情。要动此二人，熹宗绝不答应，没准还会惹祸上身。魏忠贤的劲头被一盆冷水浇灭，他不可能对此一无所知，而是一时之间被权势冲昏了头脑，所谓利令智昏，认为天下事有何不可为。等冷静下来，魏忠贤确实也认为这件事不容易做到，这才算罢手。

魏忠贤不能倾张后，便将一腔怒气撒在为熹宗选后的太监刘克敬身上，他将其发配到凤阳还不算，还命人在当地将他勒死，才算是"动摇中宫"案的结案。

在这种大背景下，尽管袁崇焕非常不乐意，但还是无法左右局势。在遣使之先，他便与镇守太监的首领刘应坤商议过并取得对方的同意。在奏疏中，袁崇焕表示此行的目的有三：

一是探敌虚实，自萨尔浒之战后，从没有明朝的使者到过后金乃至金国的内部了解情况，袁崇焕要趁此机会派人深入虎穴。

二是离间诸子，在袁崇焕得到努尔哈赤病死消息时，同时获悉四子和长子争位。这也充分说明尽管双方打了十年之久，明、金之间消息还是多有隔阂。皇太极并非四子，而是排行第八，四子之称应来自于四贝勒之误；同样，代善被认为是长子，也是大贝勒以讹传讹。袁崇焕意图在相持不下的诸子之间起到一些离间的作用，使其内耗。

三是谕其归顺，这当是议和的官方语言。对待外夷，以体现天朝的威风，自然而然地说一番晓以大义的堂皇言辞。

这三个目的中，第一个目的当然是最初级的，如果只是要得到一些直观的印象，是很容易达到的。第二个目的简直是痴人说梦，要想离间敌人，必须先了解敌人，这是施以离间之计的最起码的要素。从四子、长子争位的常识性错误来看，要达到这一目的千难万难。估计袁崇焕并非真正有此目的，只是在奏疏中显得好看一些而已。第三个目的更是官样文章。

袁崇焕派出了三十四人的使团，其中包括李喇嘛，使团的首领是守备傅以昭。之所以派出喇嘛，是因为金国信奉喇嘛教，这样既可以有共同语言，也可以带一些非官方色彩。如果袁崇焕此行的主要目的是第二个即施展离间之计，则需要的是纵横捭阖的文臣，而不是小小的守备。

九

皇太极热情招待了袁崇焕的使者，但要等到一个月之后他才能派出自己的使者陪着来使一同回宁远。因为他需要在自己的内部统一意见，三大贝勒最初所做的无声反抗需要他来作出解释。新兴起的金国必须要通过战争来维持，因为国内的农业生产一直处于消极怠工状态，自与明朝开战后，通过互市来获取物资的渠道已经断绝。努尔哈赤受挫于宁远，短时间内与明正面开战也不会轻易突破这道防线；蒙古与自己一样也是物资匮乏；唯有东南一线的朝鲜可以成为物资补给的基地，而且可以在进攻毛文龙的名义下展开。袁崇焕的来使正可以在西线休兵，专注于东线。

皇太极的意图得到支持，随即他派出了方吉纳、温塔布等十二人来到宁远。袁崇焕与总兵赵率教、道员毕自肃在学宫接见了他们。根据袁崇焕的奏疏，这十二名使者非常恭敬，“三步一叩头”，“跪投”皇太极的书信一封。不仅给袁崇焕带来了礼物，且使金的三十四人个个都有馈赠。

尽管礼节隆重，但是袁崇焕认为皇太极的书信不合体制。这封书信是写给袁崇焕的，称其为老大人，这与努尔哈赤时代是一般无二的；但问题出在皇太极称自己为大金国。袁崇焕原封不动地交还给方吉纳二人，表示不能接受；至于礼物令各人收取，给自己的封于官库中。

但据蓟辽督师王之臣的奏报，皇太极的书信不仅称自己为大金国，还用上了天命的年号，这是更为不能容忍的。因为一旦不奉正朔，那就是与大明齐平的国家。这在天朝看来，无异于极大的侮辱。尽管屡败于金国之手，明朝仍以叛乱的属国来看待努尔哈赤父子。

王之臣有一肚子的怨气，因为袁崇焕遣使之前，并没有和自己商量。这就是明朝官场中的一种痼习，这件事应该让我知道而你没让我知道，那好，我便使出一切手段来进行反抗，以此证明你的错误，我的正确。

况且，王之臣与袁崇焕之间本来就存在矛盾。因满桂撤换一事，二人已是水火不容，互相以辞职相要挟。最后朝廷决定将二人的职责范围分清楚，王之臣负责关内，袁崇焕负责关外，分任责成。但王之臣还有一项重要工作就是负责招抚蒙古察哈尔部，这一项工作在关外。

王之臣就拿自己的本职工作来反对袁崇焕的议和，他直接将察哈尔部的怨言上达朝廷。王之臣的这些话是通事转述的，察哈尔部得知袁崇焕议和后，用鞭子敲通事的背说，“你们汉人全没脑子，终日里说我们不助兵，你自家驮载许多金帛替他吊孝求和，反叫别人与他为仇，我们也不如投顺罢了。”王之臣的意思是议和之功未显，已经先失去一个盟友。

第六章　缓兵之计

借努尔哈赤之死，袁崇焕派出使团，一则吊唁，二则议和。其真实意图乃是缓兵之计。皇太极也希望借助议和缓和局势，故而双方一拍即合。

双方都是在演戏，架势还端得十足。双方书信往来，星使交驰，对各种问题往来交锋，或言辞激烈，或和风细雨。相比较而言，因为经济上的压力和无压倒性的优势，皇太极倒是真希望弄假成真。

两人各怀鬼胎。皇太极的如意算盘是争取辽西无事，在东方展开攻势，以期降服朝鲜并重创毛文龙，解决与明开战的后顾之忧。袁崇焕的意图是争取时间，在宁远之外另筑三城，将明朝的防线扩展到山海关四百里外。

两人心知肚明。皇太极指责袁崇焕，议和就需要划定边界，哪里有为划定边界先筑城的道理；袁崇焕指责皇太极，议和之事言不由衷，哪里有与宗主国议和而打其属国的。

一

朝廷对袁崇焕的议和行动还是表示支持的，但是所指授的方略过于笼统：对于金国使者“黠则速遣之，顺则徐间之”；对于金国“战守在我，叛服听之”。这到底是战是和，仍旧没有说清楚。但这仍显示出了当事者极大的勇气，也证明了魏忠贤能够一手遮天。因为努尔哈赤父子自称为与宋对峙的金国之后，这会令明朝人自然而然地在换位思考中替代宋朝的位置。

这可能是因为朝廷认为遣使的第一个目的是主要目的，即探听虚实，这个目的已经达到。至于议和只是一个幌子而已。但袁崇焕的主要目的是通过议和争取时间修筑被高第抛弃、遭受努尔哈赤兵灾的大凌河、小凌河及锦州诸城，巩固宁锦防线。

锦州距宁远近二百里，距山海关近四百里，如果趁此机会修筑好锦州诸城，明朝的山海关防线就又向前推出二百里。而朝中诸臣和王之臣等人参不透这一点好处，反倒是对袁崇焕的议和一事颇有意见。

尤其是王之臣和登莱巡抚李嵩。他们二人说的只是事物的一个方面，而看不到另一方面。如同王之臣说出察哈尔部有离心的倾向一样，李嵩也汇报说朝鲜听闻议和一事后，也有类似的表示。不仅如此，朝鲜在明朝的使臣认为金国会趁此机会进攻朝鲜，因为朝鲜接济毛文龙早已被金国恨之入骨。王之臣也说到了这一点，而且金国还有进攻察哈尔部的可能性。

袁崇焕不会看不到这一点，但是宁锦防线不修筑，宁远、山海关始终岌岌可危。在蒙古、朝鲜、宁远三面之中，只有宁远方面是主要的。只要宁锦防线巩固，其他方面都能够补救；如果宁远不守，山海关首当其冲将不保，空恃蒙古、朝鲜有何用处。在能力有限的情况下，坚持根本、主要的方面，才是上上之策。对于袁崇焕而言，当然愿意三面皆好，当事实上难以做到时，只能丢卒保车。袁崇焕是以和为守，以守为战的。倘若城未筑完而敌已至，则势必撤换，徒劳而无功。

皇太极与袁崇焕是一样的心思，他也知道宁远一线暂时难以突破，现阶段的主要目标集中到毛文龙和朝鲜身上，他们同样需要时间和空间。故此，皇太极在方吉纳、温塔布回来后，按照袁崇焕提出的修改意见重新修书一封，由方吉纳、温塔布等九人再次携往宁远。

二

书信又被打回，因为皇太极只将皇帝修改为汗，但仍采用天命年号。在明亡之后，明遗民不采用清朝的年号，也不敢明目张胆地用南明年号，而是变通性地采用干支纪年。因此种原因，被诛杀的读书人不知凡几，被焚毁的书籍数不胜数。可见年号这一问题，是一个绝大的政治问题。

袁崇焕将这次情况汇报朝廷后，得到的方略较为实际，“侵地当还，叛人令献”。这人和地要“还”、“献”到哪一个阶段为标准，以突袭抚顺、萨尔浒大战、失守辽沈、丢弃广宁哪一个时间节点为准，都没有说明。按照明朝的理想观点，自然是突袭抚顺为节点对明朝最为有利，这样金国将会重新返回赫图阿拉。皇太极将会以实际控制线也就是辽河为界作为谈判的开价。明朝并没有就此问题展开研究、商议，只是提一些目标不明确的战略任务。

看到袁崇焕和皇太极的使者两番往还，王之臣有些坐不住了，他上疏恳请熹宗皇帝下旨，要求袁崇焕停止议和，不要“蹈宋人自愚自误之计也”。这句话对袁崇焕来说，是很重的。因为宋金议和被公认为是丧权辱国的，袁崇焕担不起这个骂名，他向朝廷上疏请辞。督抚之间的矛盾再次明朗化。

朝廷认为任事官员之间的不和是丧失辽东、辽西的重要原因。经略袁应泰因对待蒙古降人的问题上与诸将不和，结果丧失辽东；经略熊廷弼与巡抚王化贞不和，结果丧失辽西。督师王之臣与巡抚袁崇焕再次闹不和，如果丧失关前四百里疆土，京师将会面临刀兵之灾。

兵部召集九卿科道会议，将王之臣调离。在此次会议上，群臣还对此前将王之臣、袁崇焕分任关内关外进行了反思，他们认为是绝大的错误。因为关内关外本属一体，人为地分为两截将动辄掣肘。而且王之臣这个督师就是多余的，关外有袁崇焕，关内有蓟辽总督阎鸣泰就够了。这次，朝廷授权袁崇焕负责山海关内外，蓟辽总督仍旧驻扎在蓟镇，等关外有事时则移驻关门。

袁崇焕获得了辽东战守的全部权力。此一阶段，是有辽事以来，事权最为统一的时候。此前，经略、巡抚并任，还有一个蓟辽总督掺和其中，难以统一号令。尽管此时有太监做镇守，但只要敷衍得法，他还是可以接受的。秘诀就是，有功则归于太监，有事则承担于己肩。

朝廷之所以去王留袁，实在是希望袁崇焕能够再次带来惊喜。

三

皇太极第三次派遣方吉纳、温塔布致书袁崇焕。在此之前，熹宗的谕旨对袁崇焕再次指授方略，“从容讲折，务求妥当”，又是非常笼统；对袁崇焕“周为之备，不坠反间”很是满意，认为“具见成画，甚慰朕怀”。

皇太极不仅按照袁崇焕的要求将书信进行了修改，在内文中将“皇太极”低“天启皇帝”一字书写，明朝诸臣低“皇太极”一字书写。在古代书写皇帝的时候，要高于正常文字一个字或者两个字甚至三个字，如果不如此书写便算违制。考场之中，如果第一场文字出现类似错误，便以蓝榜贴出，第二场和第三场基本上就不用考了。考试中例重第一场，被蓝榜贴出便算是零分；第二、三场的文章即便是做得再好，也是无人问津的。

但袁崇焕认为此次还是不便上奏朝廷，认为其中有“乃是尔仍愿兵戈也”这句话有威胁的意味在，哪里像外藩奏闻的语气？

在皇太极的书信中，首提“七大恨”是兴师的理由。如果两国要修好，明朝当奉送与大金和好之礼。和好之后，彼此在每年相互酬答馈赠之礼。皇太极开出的和好之礼的礼单是：十万两黄金、一百万两白银、一百万匹绸缎、一千万匹毛青细蓝布，这是单方面的，是明朝赐予大金的。馈赠之礼则是相互的，大金每年奉送十颗东珠、十张貂皮、一千斤人参；明朝的回礼是一万两黄金、十万两白银、十万匹绸缎、三十万匹毛青细蓝布。

在达成上述条款后，双方“誓诸天地，永归和好”。出现问题的那一句话就在此处，“袁大人，尔即以此言转奏尔皇帝；否则，乃是尔仍愿兵戈也”。

皇太极之所以三番五次地按照袁崇焕的要求修改书信的格式，其目的是对明朝施以缓兵之计，因其现在还没有力量实现两面作战。他先期的目标是打击弱者，避免日后与明朝开战的后顾之忧。与袁崇焕相比，毛文龙的实力要弱得多。皇太极的策略是摸清毛文龙的底细，如果能够将之一举击溃则更是上策。届时，皇太极才能够专心致志地对付袁崇焕。在皇太极的心目中，袁崇焕才是真正的敌人。

当然，如果双方此次能够达成和平协议，弄假成真也是一件好事，因为金国内部经济实在是很差，难以维系日益增多的人口。

四

发出书信不久，也就是在皇太极继承汗位三个月之后，皇太极命令由阿敏带队，率领济尔哈朗、阿济格、杜度、岳托、硕托统带八旗军队进攻朝鲜。随从的高级汉官有李永芳、刘兴祚，还有努尔哈赤时代逃至金国的政治难民韩润等人作为向导。韩润是朝鲜土著、官宦子弟，熟知朝鲜情况和毛文龙的布防，随从军中以备顾问或起到招降纳叛的作用。在逃至金国当年，韩润就劝努尔哈赤进兵朝鲜以报父仇，仿效战国时期的伍子胥快意恩仇。

在袁崇焕准备给皇太极回书期间，听到了皇太极出兵朝鲜的消息。三月初五，方吉纳、温塔布拿回了袁崇焕的回书，抬头是“辽东提督部院致书于汗”。四月初八，皇太极回书对袁崇焕的指责逐条答辩，分列于下：

袁崇焕要皇太极忘掉七大恨，起因皆是双方的“小人”和“不良之人”的口舌相争，双方为此“战斗十载”，“死于辽东之野，草被染污，天愁地怨，可怜至极”，“汗怨已雪，而心满意足”。皇太极的答复是已经忘掉，否则也不会答应议和，现在提出来只是想让袁崇焕明白，自己兴师并非无缘无故。

袁崇焕提出让皇太极考虑“城池如何退出，官生男妇，如何遣归”。这是皇太极所不能答应的。皇太极认为这些城池、人民俱是上天所赐，返之不祥，袁崇焕提出这样的建议，简直就是故意激怒自己。

在接到袁崇焕回书之前的三月初二，皇太极就将提出此问题的生员岳起鸾诛杀。岳起鸾是心向金国的，他唯恐远征的朝鲜部队一时之间难以返回，如果东边有警将万难应付。他建议将新汉人即俘虏来的辽西之民、官员、书生尽数返还明朝。贝勒、大臣闻言大怒，一定要杀掉岳起鸾；按照皇太极的本意，为了不在日后“阻塞圣听”，他并不想把岳起鸾处死，但在贝勒、大臣的坚持之下，岳起鸾还是被剐死。

袁崇焕质问皇太极为何一面与明朝议和，一面远征朝鲜，以至于己方的文武大员均认为皇太极言不由衷。皇太极解释远征朝鲜的理由有三：一是在万历二十八年，努尔哈赤的手下收取女真人口的时候曾遭到朝鲜官兵的截杀。此为世仇，下两条则指责朝鲜忘恩负义。二是乌拉贝勒布占泰侵扰朝鲜，在朝鲜的请求下，努尔哈赤曾为之劝止。三是万历四十七年的萨尔浒之战，朝鲜派兵协助明兵；兵败被俘，努尔哈赤不仅不杀还将其遣返。

以上种种，朝鲜不仅不表示愧疚和谢意，还对金国的主动议和无动于衷。至于言不由衷，皇太极表示从来没有做过不进攻朝鲜的保证，如何算得上言不由衷？皇太极就此反唇相讥，称言不由衷的反而是明朝陋习，一边议和一边修筑城池，到底是意欲何为？

五

皇太极在另一封书信中专门就筑城问题提出质疑。称如果双方要议和，“先分地段，何处为明地，何处为诸申地，各修各地”。在划分边界尚未完成的情况下，明朝便急急筑城。“纵能加固数城，而其所有城池田禾，能尽固乎？”如果不愿意停息兵戈，那就要打入北京城，将大明皇帝赶到南京。这比上一封书信中所言到的“乃是尔仍愿兵戈也”还要严重数倍，这封书信是无论如何都不会转奏的了。

皇太极所说的明朝所筑之城为塔山、大凌河、锦州。袁崇焕的本意就是通过议和稳住金国，自己能够得以巩固边防。即使“敌有事于东江”，也要“故以和之说缓之，敌知则三城已完，战守又在四百里外，金汤益固矣”。袁崇焕一心一意筑城，不为朝中的浮议所动。

皇太极很清楚袁崇焕的意图，但己方要为远征毛文龙、朝鲜争取时间，双方在自说自话地打笔墨官司。所谓各怀鬼胎，心知肚明。

唯一幸运的是明朝使者杜明仲，他受袁崇焕的委派随李喇嘛和守备傅以昭作为吊丧和议和的使者。为了保证本国使者的安全，皇太极将他暂扣在这里。这次听到明朝筑城的消息，方吉纳、温塔布停而不遣，让杜明仲将书信携带回去。

皇太极对袁崇焕在信中提出的让金国“宣扬圣德、料理边务”感觉很是可笑，认为“尔帝之圣德，当由尔等宣扬；我乃异国之人，何从知之”？至于料理边务，“尔之边界尔料理之，我之边界我料理；尔国边界，我如何料理”？两个反问句说得也很有道理，双方征战十年，早已成敌国，哪里还能如努尔哈赤父祖时代一样做明朝的“看边小夷”。但天朝上国行文的笔法，哪里就能骤改?

皇太极在专论筑城的信中有一个绝妙的比喻，认为明朝的大臣，如同闺中的女人一般徒好狂言，“竟说大话，可制胜乎”？反而是损兵折将，现在还“犹不足戒，而仍愿构兵乎”？况且，明朝“虽轻视我，我岂因之而贱乎”？皇太极劝告袁崇焕不要一味指责别人，“勿书动怒之言”，也要考虑考虑自己动辄就拿出大言欺人的架势是否妥当。

皇太极对袁崇焕的书信逐条批驳，但就提出的减少和好之礼和馈赠之礼方面作出让步。袁崇焕认为皇太极所要求的东西太多了，而且“前书不载”。袁崇焕认为的“前书”，应为当年明朝赐予女真各部的财物。而皇太极的出发点可以从致李喇嘛的书信中看出来，他参考的是“大辽、大金与宋相送之例，亦有尔明以物送于蒙古使者之例”。当然，与这三个例子比起来，皇太极所要求的还是少的。但是北宋与大辽定的是城下之盟，南宋是被大金逼到了长江以南。明朝与皇太极的局势并没有急迫到这一步，明朝的实力仍远胜于金国。

六

皇太极将明朝的和好之礼减半，己方将十张貂皮增加到五百张。馈赠之礼由单方面明朝的给予修改为双方互相赠送。明朝的数额不减，金国每年回赠东珠十颗、狐狸皮十二张，人参一千斤。皇太极在致李喇嘛的书信中认为自己奉行“人相敬则争心息”，自己已经仁至义尽了。

李喇嘛在三月初八的来书中，反复开释佛理，要皇太极“苦海无边回头是岸”。皇太极认可李喇嘛所说的种种道理，但对李喇嘛提出的让皇太极“忍辱奉还”城池和人口表示不满，他认为李喇嘛只是听信袁崇焕的一面之词。而且“苦海无边回头是岸”的真理，李喇嘛不仅要说给自己听，还应该向明朝的皇帝提及。就李喇嘛的身份而言，还够不上天启皇帝，就算是朝中的辅臣估计他也没有渠道联系，他仅仅是袁崇焕的私人使者而已。

在致李喇嘛的书信中，皇太极还有一条重要的信息，就是划定了边界线。在致袁崇焕的书信中，他仅仅提到了双方要划分边界，而没有提出方案。按照皇太极的设想，“明可居山海关以外诸处，我居辽东地方”，双方各自立国。这次边界划分方案也是比较含糊的，当年努尔哈赤曾明确提出以辽河为界。皇太极还向李喇嘛陈述了不想攻入中原腹地的理由是鉴于大元和大辽的前车之鉴，当年这两个游牧民族入主中原后，渐渐沾惹汉俗，早年的凶悍之气被一扫而光，他们因此遭到彻底的失败。

也不能说皇太极一点儿都不想和明朝和好，他应该是有此愿望的，主要原因就是物资匮乏。如果不通过战争就能取得生活物资，何乐而不为呢？这从他索要的布匹中就可以看出。女真人种植棉花和纺织布匹都不是很在行，一直到七年之后他还曾说，尽管金国已经开始织布，但是大多非常粗鄙，勉强能够使用。至于粮食，随着人口的增长，加之耕作水平的低下、汉人的消极怠工，金国早就处于匮乏的状态。在努尔哈赤时代，曾采取过用暴力削减人口来节省粮食的策略，但这并不是长久之计。皇太极力图采取较为缓和的策略，使汉人的耕作积极性能够有所提高，这是长策但缓不济急。

尤其是新归附的蒙古部落，也要给他们提供物资，否则他们很有可能在明朝与金国之间游移。蒙古与明和好，则可以互市；绝明而与金修好，互市则无从谈起。皇太极要维持政治和军事上的盟友，就必须付出经济上的代价。

但是袁崇焕的积极防守措施会使他的缓和策略化为泡影。他很清楚，袁崇焕是没有诚意的，如果不给予明朝一次重创，将难以取得谈判效果。他在等待远征朝鲜的部队返回，然后奇袭明朝。

七

阿敏的部队进展顺利。皇太极之所以派出阿敏，是因为他有在朝鲜作战的经验。五年前的天启元年，阿敏曾奉努尔哈赤的将令，带兵夜入朝鲜袭击毛文龙。那次进攻，阿敏没有对朝鲜发动攻势。因为按照努尔哈赤的策略，他对朝鲜是需要笼络的。

代善对朝鲜恶感不大，甚至还希望延续乃父的政策。在萨尔浒大战之后，正是由于他的求情，朝鲜将领姜弘立才被免于死刑。至于莽古尔泰，由于他性格暴躁，难以独当一面。因为此次进攻毛文龙和朝鲜，不仅是一次军事行动，还担负着收降朝鲜的政治任务。汗位初定，皇太极不可能离开根据地。故此，阿敏成为不二人选。在随征主要将领中，还有济尔哈朗、阿济格、杜度、岳托、硕托，尤其是济尔哈朗和岳托是皇太极的亲信。皇太极在这次远征的人事安排上很是用心。

皇太极的战略目标主要是进攻毛文龙，兼及朝鲜。毛文龙在朝鲜沿海，事急时可遁入皮岛，金国没有水师，对其也会无可奈何。可见，皇太极此次进攻不足以对毛文龙构成毁灭性打击，很有可能只是一种威慑性攻击。因为朝鲜不能久居，而如果想彻底征服朝鲜就需要长时间的征战，并需要驻军来巩固。皇太极需要的是速战速决，因为袁崇焕的关宁铁骑始终是金军最大的威胁，蒙古贪图厚利也会有可能发动攻势。

阿敏带走的是八旗精锐，据毛文龙日后的汇报中说是五六万人。皇太极将剩余的兵力厚积在辽河岸边，盯紧明军和察哈尔部的异动。阿敏进军神速，在十四日即取下鸭绿江畔的义州城。朝鲜与辽东的边界为鸭绿江，和明朝在防守辽河一样，冬季是最为危险的季节。天寒地冻，鸭绿江成为坚实的冰河，绵延几百里，朝鲜军队无险可守。金国既与朝鲜的宗主国明朝构成战争状态，朝鲜的河防理应一直处于战备状态。但在金军的偷袭之下，朝鲜和毛文龙都没有做好准备。

在进攻之前，阿敏派出一支由总兵冷格里带领的八十人小分队，摸掉沿途的六处哨卡。这六个哨卡没有一人逃脱，致使金军的行军一直处于隐秘状态。十三日夜，小分队已经抵达义州城，此时城中守军一无所觉。小分队暗中设置好登城的云梯，等阿敏的后续大军一到，义州城毫无困难地被拿下。城中守军由毛文龙的明军和朝鲜军队组成，他们拒绝了金军的劝降，全部阵亡。

四天之后，阿敏掠出义州城二百里外，驻守铁山的毛文龙弃岸上岛。其实早在冬季到来之前，毛文龙已将大部人马迁回皮岛，留在岸上的仅仅是小股部队。

八

冬季鸭绿江冰封之前，回岛避兵已经是毛文龙惯用的伎俩。而朝鲜方面对此极为不满。朝鲜容忍毛文龙驻扎，一个主要目的就是抵抗金兵；现在他们担心金兵来而先行遁入海岛，这已经使朝鲜坠入一个逻辑怪圈：金国因为朝鲜容留毛文龙，用兵之意长存于心；朝鲜因为担心金国讨伐，必须容忍毛文龙。

现在在金军筹划进攻毛文龙和朝鲜之时，毛文龙将主力部队撤回海岛，岂不是养兵千日，却一天也指望不上？毛文龙的驻地之一在陆上，朝鲜在铁山附近划出一块地方由毛文龙屯田驻守，但他主要基地当然是在皮岛。朝鲜收纳毛文龙，一是碍于天朝的威严，不得不收；另一个则是缓急之际他们希望能够得到毛文龙的助力。朝鲜的缓急，自然是预防金军的进攻。

袁崇焕在宁远与皇太极的议和，已经引起朝鲜朝野的极大恐慌，他们担心皇太极在没有后顾之忧后，转而东向。朝鲜认为自己兵单粮少，所能指望的就是天朝的援助，而最现实的就是毛文龙。

毛文龙和朝鲜的矛盾由来已久。毛文龙招降的辽东难民日益增多，生齿日繁，所消耗的粮食也是水涨船高。毛文龙主要有三种途径筹集粮饷，一个是母国，但朝廷的财政捉襟见肘，维持辽东战局已是非常之不易，海外的毛文龙是能少一分则少一分；另一个则是在海岛和近岛陆地屯田，然而在母国屯田都已经成为“白头宫女话玄宗”的陈年往事，又怎能妄想毛文龙在海外干出一番成绩？第三个就成为主要的渠道，那就是向朝鲜申请粮饷。朝鲜是属国，毛文龙代表天朝，说起话来当然比向朝廷的户部、兵部请粮来得硬气和嚣张。朝鲜已经不堪其苦，在几个月前，朝鲜的使者就曾向明朝提出这个问题，称“小邦举国殚财以奉毛镇，尚思不能养赡”。熹宗的旨意是让户部和登莱巡抚运粮接济。另一个隐秘的渠道是不能说出口的，那就是非法贸易、劫掠客商。

毛文龙极为自大：不仅自视为天朝人物，而且认为自己有“大德”于朝鲜。

天启三年朝鲜发生政变。国王李珲的侄子李倧废黜其叔，夺取王位。李珲确实有可废之处，他集残暴与昏庸于一身，幽禁母后，弑兄杀弟。但问题是，既为大明藩属，便不能自行废立。如现任国王确有不可为人君之道，大可禀报天朝定夺。但这只是一种理想化的状态，付诸实际而见功效的可能性几乎为零。

九

朝鲜的宫廷政变于三月二十日发动，次日便告成功，十七日李倧即派人到皮岛通报，并表示一切听从毛帅指挥，共灭金国。据说，李倧还为此向毛文龙运去四十万两贿银，以便毛文龙“上天言好事”。

李倧的所作所为，自然是力求得到明朝的谅解。到四月中旬，消息传到京师，舆论大哗，明朝官员们认为李倧大逆不道，以下犯上，以臣叛君，朝廷应兴问罪之师。

但其时，朝廷已为“东夷”努尔哈赤头疼不已，哪里还有余力讨伐朝鲜。如果把朝鲜逼急了，倒入努尔哈赤一方，岂不是呜呼痛哉！更何况，随之而来的毛文龙奏报，为朝鲜说了种种好话，废王李珲不仅失德而且“通奴”，新王李倧不仅为朝鲜军民拥戴而且效忠天朝。毛文龙的奏报很有力量，基本为朝廷所接受，但为慎重起见，朝廷还是决定派员到朝鲜了解情况。

朝廷所派的两位大员，其中之一便是毛文龙的中军陈继盛，而且调查情况亦由毛文龙具名上奏。结果可想而知，必能如李倧所愿。李倧的四十万两白银也没有白费，毛文龙两份结结实实的奏折，为李倧获得认可居功甚伟。

由于辽沈失陷，通往朝鲜的陆路被断绝，海路风涛难测，一直到天启五年六月，明朝的册封使臣方到。对于藩属国而言，只有得到天朝的册封，才算是真正的国王。从天启三年三月迄今，李倧已经做了三年零三个月的“假王”。

李倧自然是对毛文龙感恩戴德，何况敕书中写道“总兵官毛文龙复为代请……封尔为朝鲜国王。”这无异于宣示毛文龙即是朝鲜的保护人。毛文龙不仅借朝廷压服朝鲜，更借朝鲜以自重。在使者的必经之路上，毛文龙令朝鲜官员立下一座功德碑，铭文称“匪公是任，吾其左衽。”这是借用孔子赞叹管仲之语，“微管仲，吾其被发左衽矣”。毛文龙自居为朝鲜的管仲，他的脸皮不可谓不厚，法螺吹得山响。

毛文龙不仅威压朝鲜君臣，其部下对朝鲜民间亦是扰害无度。朝鲜官员曾奏报给李倧，这些人或者五十或者一百，每日渡海前来，抢掠闾阎。甚至有一户人家因为家贫没有可供抢掠的东西，这些人找出一具尸体弃至其家，诬为该人打杀致死，将一村人尽行绑去，然后肆意剽掠。

因为他们是上国之民，又有毛文龙撑腰，朝鲜地方官不敢治理。义州府尹李莞实在看不下去，将为首的几人拿住，打了一顿板子。毛文龙的部众群起大忿，称鞑子叛了天朝，杀害天朝之人，这是自然之理；朝鲜则恭顺天朝，而且自称是礼仪之邦，奈何打我们的人。这是在蔑视天朝和本镇。朝鲜为息事宁人，将李莞官降一级以示惩处。

第七章　征战朝鲜

女真与朝鲜的关系也是错综复杂。努尔哈赤的祖先在穷途末路之际，曾避难于朝鲜，并成为李氏王朝的先祖李成桂的从龙之臣。直到朱元璋建立大明，辽东局势渐稳，努尔哈赤的先世才重返故里。

自努尔哈赤叛明，朝鲜派姜弘立为帅随西路军刘綎征战。萨尔浒一役，朝鲜军队或死或降。努尔哈赤便以此为筹码，妄图降服朝鲜。

在所有的属国中，明朝最为重视的便是朝鲜。朝鲜对于明朝忠心耿耿，誓死不二。尽管在战争中有保存实力的念头，但如果真要是叛明归金，朝鲜上上下下都是绝不能答应的。

朝鲜李氏建国，基本上与明朝同时。其先为高丽，明太祖应李成桂之请，复其古号为朝鲜。而李成桂建国，急需中原王朝的承认以压服众心；再则朝鲜号称箕子之国，为礼仪之邦，与中原王朝血脉相连；更令朝鲜臣民心服的是，万历年间明朝的抗倭援朝。

毛文龙开府东江，朝鲜忠于大明，使皇太极犹如鱼鲠在喉，必去之而后快。

一

“平时淫威震朝野，临难一去无影踪。”在此危急时刻，毛文龙的举动令朝鲜极其不满，上疏朝廷告了毛文龙一状，说一旦金军渡过鸭绿江“非但贼来不能飞到毛营，看毛镇亦无由出陆以见虏马”，则朝鲜“安危存亡不可知也”。朝鲜的使者说透了这样一个道理，朝鲜“一日不支则毛镇一日亦无所依”，到时候“皇朝疆场之忧，又不止于今日也”。朝鲜的建议是“速发偏师，乘其空虚，捣其巢穴”，这谈何容易！

纷扰之际，金军已悄然渡过鸭绿江，毛文龙留在岸上的部众也遭到打击。但一则是没有摸到毛文龙的主力，再则是连毛文龙的影子都没有看到。尽管金军野战是强项，水战则一筹莫展。既然无法在岸上擒获毛文龙，阿敏入朝的第一项作战任务已经完成。第二步如何开展？阿敏一面向皇太极报告，一面催军南下。

对于阿敏是否进攻平壤的请示，皇太极表示不为遥制，由前方将帅相机而行。但是如果能够积极进取，当采取攻势，切不可学努尔哈赤在天启二年攻取广宁后，“未入山海关，致成悔恨”。这足以证明在出兵之初，皇太极对于朝鲜或者毛文龙并没有一定之战略，此次进攻或许只是一次试探性的进攻，看能进展到何种程度。

皇太极曾提到此次东征的原因，主要是“朝鲜累世得罪我国”，但朝鲜并非东征的唯一目标，另一个目标就是毛文龙。毛文龙在一天，辽东居民就不得安居，因为在西面辽河一线易于防守；但南面濒临大海，漫延近千里海疆、岛屿星罗棋布，防不胜防。毛文龙一直是努尔哈赤父子的一块心病。从皇太极说到朝鲜“可取，则顺便取之”，可以看出东征之役的主要目标是毛文龙。

而且对阿敏的请示报告，皇太极的回书写毕，后缀为“我乃留家之人，岂可冒昧发言”，即可看作“将在外君命有所不受”的遗意，也可说明当时皇太极并没有定于一尊，只是以商量的口吻来和阿敏议论国事。

阿敏的书信只是具备告知性质，并非真正等待皇太极的谕旨。书信即发于东进途中。二十六日，兵抵平壤。此时的平壤守军自相扰乱，弃城而逃，阿敏得到的是一座空城。十几天的时间，朝鲜境内大同江以北的主要城池俱落入金军之手。朝鲜自李成桂篡夺王位后，近百年的时间基本上没有战事。万历二十年至二十六年的日本侵朝战争，也主要是依靠明军进行战斗的，朝鲜军队水军唯有李舜臣能战。

二

朝鲜国内承平日久，崇尚儒术，军队的战斗力极其薄弱。尽管面临努尔哈赤这样一个强邻，也是武备不修，妄图依靠明朝来维持国防。朝鲜君臣也很清楚，明朝辽东的局势很是紧张，但他们认为总有扭转局势的一天，况且明朝官员文恬武嬉，其军队战斗力的增强也并非一朝一夕所能奏效的。

朝鲜国王李倧将世子派往南方，自己则带了文武群臣和后宫逃到江华岛。这也是一个非常聪明的选择，也是弱国的逃亡经验。国王和世子分开避难，万一不幸尚不至于陷入群龙无首的困境。

至此，朝鲜的战事基本结束，剩下的便是议和。

明朝对于朝鲜的局势尽管很关注，但毛文龙的消息掺杂水分太多，而从宁远方面得到消息又非常迟缓，到底朝鲜及毛文龙是怎样一种情形，朝廷如同雾里看花。毛文龙上报的消息是通过登莱巡抚李嵩转奏的，大意如下：

第一，金国出兵的目的是清楚的，那就是过江捉拿毛文龙。在一年之前，毛文龙就曾经奏报过朝鲜的义州节度使累次派人请金兵过江捉拿自己。但金国对此消息表示怀疑，担心是反间计。这次金兵过江后，朝鲜人暗为奸细，引导金兵改扮为朝鲜人模样突袭毛文龙的陆上部队，将沿途哨探全部杀掉。当然，毛文龙没有透露自己先期已经遁入海岛，他说的是闻听金兵过江之时，正逢自己调兵遣将之际。幸而自己指挥有方，且战且退，没有让金兵得逞。金兵感觉上了当，认为毛文龙并非像朝鲜义州节度使说的那样手到擒来，而是一个非常难啃的硬骨头，故而将义州节度使斩杀。

第二，毛文龙率部奋勇作战，杀敌无数。朝鲜人引金兵四万杀到铁山。毛文龙率部坚决抵抗，先后活捉金兵两千三百余名，但寡不敌众，弹尽粮绝，只得困守。随后经过自己的巧妙布置，已经将金军困在朝鲜。金兵处处被毛文龙的部队攻击，被杀死杀伤的成千累万。每日金兵在山头上焚烧尸体，以至于“火光滔天”。现在金兵在朝鲜的部队仅剩一万多人，已经成了惊弓之鸟，每日里“心寒胆怯”。

第三，怨恨朝鲜。既然是朝鲜人引入的金兵，这场兵灾完全是朝鲜人自作孽。所谓“自作孽不可活”，毛文龙决计对朝鲜不闻不问。尽管自己乏粮，又耻于向出卖自己的朝鲜人请粮，故而恳请上司速速发粮救应。

信以为真的熹宗皇帝下旨，开导毛文龙不可意气用事，朝鲜勾结建虏固然是自作孽，但如果朝鲜转投金国，则会影响整个战略。毛文龙应该以大局为重，相机支援朝鲜，至于粮饷，由登莱巡抚尽快乘风运送。

三

另外，在奏疏中，毛文龙还将此次兵灾的间接原因归结于袁崇焕的议和。朝鲜引入金军是一种必然，但此时引入，却是袁崇焕的议和行动所结的孽果。故而毛文龙对袁崇焕的议和放出狠话，如果议和，就要给毛文龙的人每人三两金子。毛文龙将金兵指责朝鲜的文书奏报给朝廷，但他是掐头去尾，专拣对自己有利的说。他说的是阿敏所重新编辑的“七大恨”之一——努尔哈赤死后，明朝尚来吊唁，而朝鲜并无一介之使。他要从这一条证明袁崇焕的议和是招致兵灾的原因。

毛文龙建议趁现在自己将金兵困在朝鲜的“甚大机会”，宁远方面应该奋起神威，统大兵直捣沈阳，自此，“狡奴自无憔类矣”，而且“全辽指日可复”。这真是毛文龙的天方夜谭，他怎能说是自己将金兵拖在朝鲜，这只是他在皮岛中的臆想而已。

接到毛文龙前前后后的奏疏，朝廷觉得朝鲜战场大有可为。当初的三个担心已经不复存在，第一是担心朝鲜投降，现在宣城太守不肯投降，要与毛文龙同心协力守卫国土。第二个担心是朝鲜猝不及防，现在看来金国兵马死伤惨重，其中一个“鞑王”被鸟铳打坏一目。第三个担心是毛文龙一旅孤悬，攻敌不易，现在毛文龙惯截粮道，不仅出奇制胜还因粮于敌。

明廷的三个担心没有了，现在整个情况是朝鲜“神气愈旺”，“奴之魂魄不愈落乎”，所得结论完全是猜测之词。直到金军抵达大同江，逼近朝鲜王京八十里，兵部还乐观地认为，金军必不敢渡河，因为届时朝鲜军队待其半渡而击之，这正是朝鲜“所以制奴之死命也”。兵临城下，还说出如此大话，真是昏了头。

兵部计划派觉华岛水兵三千星驰赴援，天津登莱堪战将士克期出海，俱听毛帅相机进止。除袁崇焕驻扎于宁远的兵丁外，从关外三营、前锋三营以及抚镇标下四营共十营每营选出精兵九百，共九千人，分作连珠三营作为前锋、中坚、后劲，以宿将赵率教、左辅、朱梅统率，以宁远道毕自肃为监军，逼近三岔河。

如此水陆、东西两面夹攻，金军再强悍也不能不转头解决西顾之忧，“奴有不旋踵而急撤其犯鲜之兵，以自顾其巢穴者，必非情也。”所谓“兵者，诡道也”，如果一切尽在情理之中，哪里还称得上诡道。

按照兵部的要求，袁崇焕的布置蔚为大观，但袁崇焕并不想真正出兵，因为他明白，在皇太极东征朝鲜后，必定在辽河一线安置重兵；现在仓皇出兵，像兵部布置的那样批亢捣虚，会有全军覆没的危险。皇太极不是那种顾此失彼的人，他一定会想到明军可能采取围魏救赵的策略。

四

况且，阿敏带入朝鲜的军队按六万人计算，皇太极手中还有不少于七万人的人马，以区区的九千人妄图犁庭扫穴简直是笑话，况且就算是将关外八万人马尽数包括在内，也难以奏效。当年杨镐筹划半年多，四路进军还遭到了三路尽没的下场。如今，仓促进军，岂不是蹈了当年的覆辙。

皇太极并不想两线作战，袁崇焕也不想孤军深入，他有更大的事情要做——争分夺秒修筑宁锦防线。袁崇焕只是在虚张声势，一个是做给朝廷看，另一个则是声援朝鲜和毛文龙。这“另一个”的作用有多大，只能听天由命。袁崇焕对于辽东的总体战略是“守为正着，战为奇着，款为旁着”。他认为现在还不是施展奇招的时候。

熹宗的谕旨对袁崇焕的议和来了一个一百八十度的大转弯儿，“向日，宁镇别有深心，在中朝原未尝许”，“今日，关宁别无调度，何以明不为狡奴所靡，无为属国口实乎？”

袁崇焕的解释是，要想守住山海关，必须修筑锦州、大凌河、中左所三城。因为宁远至山海关，南北狭长，东西仅有四十里，北负山，南负海，难以屯种；宁远至锦州一线，地势逐渐开阔，利于屯种。

“是三城之完不完，天下之安危系之。此三城不得不筑，筑而立刻当完者也。锦州三城若成，有进无退，全辽即在目中。乘彼有事东江，且以款之说缓之，而刻日修筑，令彼掩耳不及；待其警觉而我城已成。三城成，战守又在关门四百里外。”这是袁崇焕将自己议和的真实意图第一次如此明确地点透，也将自己不援助朝鲜和毛文龙的原因表现得一览无余。

直到天启七年四月份，朝野上下才得到关于毛文龙和朝鲜较为准确的情报。来源有二：赵率教从由朝鲜九死一生逃出来的魏天真等人的口中得知；登莱巡抚李嵩接到朝鲜国王李倧的告急文书。两人俱转奏朝廷。

告急文书当是李倧避难江华岛、与金军议和之前所写。书信写得很是惨烈，“遭此横虐，虽至颠沛自古无愧，徒以积受皇朝厚恩未能报效为恨耳”。李倧提出的解困办法与毛文龙如出一辙，那就是请朝廷急发两路大兵，一路由陆上直捣辽沈，一路由水路恢复金复海盖辽南四卫。此乃一石三鸟之计：“皇朝获全胜之利”，“毛镇纾窘迫之患”，“弊邦亦收余烬保聚疆域”。

得到消息的朝廷君臣将焦点集中在袁崇焕身上，很多人认为正是袁崇焕倡导的议和才致使属国受到刀兵之灾。所谓“谤书满筐”不为过也。尽管袁崇焕的解释非常有道理，但是已经很难入耳。如果不是随之而来的宁锦大战，袁崇焕很有可能因此提早落职。在宁锦大战之后，尽管他再次给了熹宗和朝臣惊喜，但因为议和之事，袁崇焕仅增加一官秩，倒是没有出力气的朝臣纷纷加官晋爵。

五

无论是赵率教还是登莱巡抚李嵩的转奏，所汇报的内容都是两个月之前的事情。在四月份之前的两个月里，朝鲜已经被迫和金国签订盟约。

天启七年正月二十七，在中和驻扎的阿敏迎来了朝鲜国王李倧派来的两位使者，其中一位是在萨尔浒大战中被俘的朝鲜将领姜弘立的儿子。不知道姜弘立看到自己的儿子是一种怎样的感触。在两年前韩润逃到金国后，曾告诉姜弘立，他的家人已经全部被李倧杀死。所以这次姜弘立和韩润一起做了金军的向导。

朝鲜国书中称金国此次进攻“欺弱凌卑”，是不义；“无辜残害人民”，是逆天。如果觉得朝鲜有罪，应该先声讨。次日，阿敏拿出了需要声讨的罪名，一共有七项，可谓朝鲜版的“七大恨”。

除了皇太极向袁崇焕解释的朝鲜官兵曾截杀努尔哈赤收取女真人口的手下、努尔哈赤劝止乌拉贝勒布占泰侵朝、努尔哈赤不杀萨尔浒之战的朝鲜俘虏三条之外，还有另外四条，其中三条与毛文龙有关，另外一条则是最新发生的，也就是毛文龙指责袁崇焕议和所引用的那一条，即是怪罪朝鲜在努尔哈赤死后，不派使吊唁并贺新君登基。在这一点上，斥责朝鲜还不如斥责明朝。这也实在是强人所难，因为金国已经和明朝处于交战状态，朝鲜作为明朝的属国，怎么能和与宗主国处于交战状态的金国礼尚往来呢？

另外与毛文龙有关的三条事实才是重点。第一条是朝鲜容纳毛文龙，金国几番要求朝鲜将其礼送出国，而朝鲜不从。对于朝鲜来说，毛文龙是天朝上国的总兵官，朝鲜焉能送得？第二条是金国在天启元年越境捉拿毛文龙之时，未曾骚扰朝鲜，奈何朝鲜无一善言相报？此一条更是英雄欺人之语。私入别国的国境抓人，还要求人家说谢谢，天底下哪有这种道理？第三条是明朝尚且不给毛文龙粮饷，奈何朝鲜不仅提供粮食，还拨出土地供其耕种。这实在是朝鲜的隐痛——毛文龙已经成为朝鲜的一大负担，朝鲜也屡次向朝廷言及毛文龙。

阿敏的军中并没有“下马草军书”的捷才，而且所说七条中与皇太极远在沈阳所说的三条吻合，皇太极所避开的恰恰是与明朝有关的三条，正说明阿敏的七条是在沈阳之时就已经起草完毕的。

如果阿敏此役能够和毛文龙的主力决战，而且所需时日较长，就有可能不再进攻朝鲜。所拟七条将会备而不用，或者是丢给朝鲜某个城池主官而已，现在则成了办交涉的场面文字。阿敏留给朝鲜的时间是五日，如果超过五日，“我军即鼓行而前矣”。

六

朝鲜来使做了口头的辩解，阿敏在第二日又发出一书，对辩解进行了指责。

针对助明攻金的历史问题，朝鲜的解释是明朝曾帮助朝鲜平定倭难，“恩不可负”；阿敏的反驳是己方也曾帮助朝鲜劝阻布占泰侵朝，“可不谓恩乎”？毛文龙是奉明朝皇帝的命令来驻扎的，“义不可逐”；阿敏嘲笑朝鲜，人家明朝皇帝都不给他粮饷，你们上的哪门子劲。至于吊丧的问题，朝鲜表示因为疆域阻隔并不知情；阿敏的反证是，金国与蒙古“岂独无疆域乎”？

在阿敏规定的期限内，朝鲜国王匆匆遣使送来回书。书中提出了议和的三项原则，第一是双方可以议和，但需要有诚意；第二是绝不背叛明朝；第三是可以贡献土物。第一条和第三条都无甚要紧。关键是第二条，阿敏的意思是朝鲜必须要断绝与明朝的关系，与金国结为兄弟之国，当然是以金国为兄，朝鲜为弟；并请朝鲜不要害怕，“若南朝嗔怒，有我邻国相近，何惧之有”？

朝鲜之所以不断绝与明朝的关系，是因为“臣事皇朝二百余年，名分已定”。朝鲜虽是小国，但“素以礼仪著称”，如果朝鲜背叛明朝，将来有一天还可能背叛金国，“贵国亦将我国为何如也”。朝鲜的折中之道是与明朝关系为“事大”，与金国的关系为“交邻”，两者可并行不悖。

是否背叛明朝，朝鲜各类文件中年号的书写就成了问题。朝鲜奉明朝正朔，当然落款是天启七年某月某日的字样。阿敏对此不答应，“既如此，怎样讲得好”？阿敏要求书写金国的天聪年号，提出的威胁是，如若不从，“我至王京驻下，耕种一年，也不回去”。到时候，朝鲜后悔也来不及了。刘兴祚提出的折中方案是不书写年号，避开这个问题。

刘兴祚作为金国重要的谈判使节，在议和过程中帮了朝鲜很大的忙。刘兴祚既通汉文也通女真文字，在谈判中既是使节还是“通事”。刘兴祚的目的无非是想尽快签订和议，促使金军撤走，以免朝鲜遭到更大的荼毒。这是在史料中所看到的刘兴祚心向朝鲜和明朝的第一次反应。

刘兴祚出使江华岛的时候，曾经怒斥朝鲜国王李倧。当时李倧端坐不语，刘兴祚指其为“土偶”，“不念小民之涂炭”。此时是何时，还容得你端臭架子，当务之急是如何消兵免灾。战既不能，唯有讲和一途。既然如此，就应该积极设法，争取最宽大的条件。李倧挨了一通骂，才派遣弟弟原昌君李觉作为人质前往金营。

七

尽管直斥其国王之非，朝鲜君臣对刘兴祚还是非常感激的。朝鲜一位大臣曾在致姜弘立的一封信中称道，“刘将为本国始终致力”，之后连用了两个“极感”。刘兴祚告诉朝鲜君臣，金国人“人面兽心，难可凭信”，提醒朝鲜要及早议和，“早得一日福可也”；还暗中请朝鲜实行坚壁清野政策，“速将粮米转送空地处窖藏，人与畜急躲于深山远岛，烧毁草束，如此不出半月，势必回兵。”

在同一封秘信中，刘兴祚鼓励朝鲜可效法韩信、孙膑、越王勾践，“韩信曾受辱于胯下，而后诛楚王，功收天下；孙膑忍刖足之辱，后诛庞涓；越王尝夫差之粪，而得杀夫差”。刘兴祚直将金国比喻为楚王项羽、庞涓、夫差，甚至说金国人“人面兽心”，由此可见刘兴祚对金国心存不满。

在使者往返之中，济尔哈朗和岳托等人的意见是暂时驻扎在黄州了结此事，但是阿敏另有盘算。他没有直接反对济尔哈朗等人的意见，而是对与济尔哈朗等人保持一致的李永芳发了一通脾气，“汉奴，我欲杀尔，岂不能杀乎，何须尔多言”。这句话说得李永芳彻底寒了心，自己为金国卖命十余年，仍然是个奴才，而且是想杀就能杀的，结果“李驸马自是终无一言”。

李永芳与佟养性、刘兴祚是努尔哈赤时代最为得宠的三位汉人，刘兴祚既在军前，难免也会有兔死狐悲之感。刘兴祚对朝鲜如此照顾乃至后来的叛逃明朝，也许是因阿敏这句话所激，感觉在金国始终会被当做外人看待，哪怕你立下过汗马功劳。

诸位贝勒只得屈从阿敏的意见，继续前进，原昌君李觉在中途遇到他们之后，指三屯为养马之所。诸贝勒认为应该在此处驻扎，一边歇马一边议和。但阿敏仍不同意，他执意东进。岳托看到这种情况，知道难以阻止阿敏，便找阿敏的亲弟弟济尔哈朗商议对策。济尔哈朗也觉得事情有些不妥，为了照顾阿敏作为主帅的面子，遂在行军三十里后于平山城驻扎，此地距离江华岛仅有一百余里。

此时金国和朝鲜的议和已经到了最后阶段，只是还需要在一些细节上进行沟通。岳托趁此机会向阿敏提出尽快班师，因为他顾虑的是沈阳大本营留兵不多，万一明朝联合蒙古察哈尔部发动攻势将难以应付。

阿敏却不想回去了，以开玩笑的口吻说要到朝鲜的王京去看一看，“否则我何以得见明帝及朝鲜国王所居城郭宫殿，今既有此良机，何不一见而归乎？”而且如果朝鲜一日不投降他便一日不走，留在这里屯种，还要接来家眷同聚，你们想回去你们回去，杜度我们叔侄二人留在此地。

八

从阿敏的父亲舒尔哈奇开始，他这一支队伍始终有离心的倾向。在努尔哈赤时代，舒尔哈奇要将自己的人马移居到黑扯木，结果被努尔哈赤杀死；阿敏也曾离开分配给镶蓝旗的汛地，意图移居到黑扯木。在朝鲜，阿敏又有了类似想法。他可能认为金国的天下是由父亲舒尔哈奇和伯父努尔哈赤共同打下来的，理应有自己的一半。既然在本部搞分裂不成，那就在朝鲜弄到一份“食邑”，做一做海外天子也是不错的。

他之所以拉上杜度，一是可以壮大自己的力量，二是杜度的特殊身份。杜度是褚英之子，努尔哈赤的长孙；如果褚英不死，金国汗将便是褚英而不是皇太极，杜度便是储君。不仅如此，褚英原领正白旗，在褚英死后，杜度成为旗主贝勒；但随着多尔衮逐渐长大，努尔哈赤将正白旗的统领权夺回授予多尔衮。阿敏猜疑杜度可能对失去储君和原有的旗主地位而产生不满。但杜度根本不吃他这一套，哪里有背叛自己的亲叔叔，和堂叔叔搅和在一起的道理。杜度故而变色言道，“我何为与尔同住”？

诸贝勒本计划驻扎黄州，后来屈从阿敏的意见前进至平山。这都是可以商量的，但是要长留朝鲜，这便成为原则性的问题。尽管阿敏在写给朝鲜国王的书信中，曾提出如果不议和将驻扎在朝鲜耕种一年。当时谁都以为那只是一种威胁，想不到阿敏竟真的有此想法。

诸贝勒命令八旗大臣举行会议，其他七旗大臣都表示反对，唯独阿敏所属的镶蓝旗大臣赞成。会议僵持下来，幸亏在岳托的坚持之下，济尔哈朗极力劝阻阿敏，才得以挽回局面。如此看来，皇太极出师之前的布置是极为妥当的，有岳托、济尔哈朗在军中，阿敏是不会闹出大乱子的。金营内部的矛盾解决了，刘兴祚和库尔缠主持的议和也到了尾声。

在刘兴祚的斡旋之下，朝鲜君臣终于在三月三日夜盟誓。在刘兴祚等金国使者的监督下，朝鲜国王李倧焚香告天，由大臣宣读誓文，读毕在桌上焚烧。之后，朝鲜国王回宫，刘兴祚等人又监督朝鲜的“三国老、六尚书”与金国的八大臣共同宣读誓文，“如起不良之心”，“现天就死”。朝鲜国王不参与盟誓，算是小小地圆了一下他的面子。

在朝鲜内部，反对议和的声音也很大，有人认为议和令“忠义之士扼腕，介胄之士解体”；有人认为己方的使者有投敌的嫌疑，应该斩首并“函送天朝”，然后“背城一战”。但李倧此时看得确实很明白，“既不能战，又不能守，奈何不和”。他的主要的反对意见就是不能背叛明朝。幸而金国也不对此作出硬性要求，在誓文中没有提与明朝断绝关系的字样，只是既不再书写天启年号，也不书写天聪年号。这兴许能让反对议和的人稍稍觉得心安。迫于形势，只得如此。

九

在双方盟誓之后的第三天，库尔缠被派遣回沈阳送信。库尔缠既是议和的主要参与者，也是一名儒臣，能够明白无误地转述前方情况和传达信息。利用识文断字的人作为信使，是金国的惯例。因为当时文字粗疏，要靠文件来精确详尽地进行表达很难；而识文断字的人则有很强的口头表达能力，此人就是一份活文件。

与此同时，在平山的阿敏又玩出了新花样，他认为没有自己参加的盟誓不算数。岳托等人劝他尽管诸位贝勒都没有参加盟誓，但名字已经写在了誓文之中。阿敏不听，命令全军大掠三日。朝鲜慌了手脚，赶紧派人与这位说话不算数的二贝勒阿敏重新盟誓。

在盟誓中，最重要的是要求朝鲜对待金国与对待明朝的礼节一致。这就突破了原来约定的兄弟之国的界限，朝鲜国王将与明朝的关系概括为“事大”，与金国的关系为“交邻”。现在要求朝鲜对待金国和明朝一致，岂不是也由“交邻”变为“事大”？但城下之盟，本来就没有道理可言，李倧君臣只能听之任之。从前后两次誓文比较，阿敏所争取的利益比前次要大；但无形之中耽误了回师的日期，而皇太极的战略要求是速战速决，不能拖延过久。

当然这些情况是路途中的库尔缠所无法掌握的。库尔缠的行程并非一帆风顺，而是危机四伏。两国虽然已经议和，但朝鲜国王的诏书并没有周知全国，库尔缠带领的二十八人的小分队沿途遭到截杀。库尔缠到达金军控制的义州城时，身边仅余七人。

皇太极的最新指示是，在朝鲜境内的义州留驻兵马三千人，己方境内的镇江驻扎一千三百人，其余人马全部撤回；义州和镇江这两处地方的人嚼马喂，皆由朝鲜负担，否则将派兵四处索粮；义州留驻兵马的目的是“看守毛文龙”，毛文龙在一日，金军将一日不回。这是很厉害的一招，既能防范毛文龙，还为朝鲜问题留下一个尾巴，表示朝鲜问题仍没有了局，留下日后办交涉的伏笔。库尔缠在安州附近遇到回撤的诸位贝勒，遂将以上指示传达。

四月十七日，阿敏率领的东征大军回到沈阳。从正月初八出师算起，此次征朝之役延续了一百天，是努尔哈赤起兵以来时间最长的一次征伐。从突袭抚顺算起，一直到辽沈之役、广宁之役、宁远之役，最长不超过十日。这次远征破了金军征伐时间的纪录。

第八章 宁锦之战

明守辽东，最能战的莫过于熊廷弼、孙承宗、袁崇焕三人。熊廷弼离任袁应泰代之，努尔哈赤马上发动辽沈之战；熊廷弼第二次赴任，受制于巡抚王化贞，努尔哈赤渡辽河占领广宁，熊廷弼虽名为经略，但与努尔哈赤对决者实为王化贞。

孙承宗守辽四载，辽西无战事。固然是努尔哈赤初得辽东，需要“守成”，但不能说不是他感觉无机可乘。孙承宗离任代之以高第，努尔哈赤即发兵南下。

努尔哈赤在宁远城下遇到了袁崇焕，完全是歪打正着。袁崇焕寂寂无名，努尔哈赤并未预料到会遇到劲敌。

这足以说明，努尔哈赤善于守时待势；同时如果明朝守边得人，“胡马”必不能“度阴山”。

皇太极第一次亲征，便遭逢袁崇焕。此时，袁崇焕不再是寂寂无名的“小子”，而是手握关外兵符的辽东巡抚。关外战守，一决于袁崇焕。此是自有辽东战事以来，事权最为统一之时。

皇太极不能不战，如果袁崇焕关外筑城的计划实施，金国将难以得志。攻之不下，战既不能，和又不成，金国势将困顿。

一

金军驻扎义州，是金国首先破坏盟誓。当初的誓文中，有各守封疆的字样，在办交涉的时候，朝鲜使者指责金国背盟。负责接待的文臣达海无以作答，只是说道“当言于汗处”。皇太极的解释仍然是拿毛文龙说事，朝鲜使者认为春季交兵全由于毛文龙，战端一起便缩到海岛，现在毛文龙已经没有脸面上岸了。

直到宁锦之战后，为了保持与朝鲜“兄弟之国”的关系，在朝鲜做出“永不让明人进入”的保证之后，金军才于九月十二日从义州撤军。如果从实际占领的正月十四开始算起，那么金军蹂躏义州达八个月之久。

与阿敏大军一起回到沈阳的，还有朝鲜国王李倧的弟弟原昌君李觉与随行官员。皇太极赐给他们蟒衣，要他们穿戴整齐来谢恩。李觉等表示依照朝鲜的规定，只有国王才可以穿蟒衣。

明朝文官官服上所绣为飞禽，从一品的仙鹤到九品的鹌鹑不等，其中特例是御史和给事中，因为主掌风宪，故其所绣为獬豸。据说这种动物能够分辨忠奸，看到坏人便扑上前去将之撕个粉碎。武官是从一品、二品的狮子到九品的海马，其中公侯属于特例，可以穿麒麟服。

而蟒衣非特赐不得服，嘉靖朝的兵部尚书张瓒因为服蟒衣还被明世宗狠狠地训斥过。有明一代，被赐予蟒衣的大臣屈指可数，其中包括弘治年间的刘健、李东阳，嘉靖朝的徐阶，万历朝的张居正。朝鲜国王李倧被赐蟒衣，朝鲜国内也就仅此一人，李觉等人自是执意不肯。

达海和库尔缠将此事提升到破坏两国盟好的高度，最后又是刘兴祚出来打圆场。他说，如果你们不穿蟒衣，就暂居此地，什么时候想穿了再回去。人在屋檐下，不得不低头。李觉等人不再坚持，便穿上蟒衣以朝鲜国的礼节参见皇太极。皇太极倒是言而有信，在行礼之后的第三天，派遣刘兴祚、英古尔岱护送李觉等人回国。

自皇太极东征朝鲜之后，明与金和谈的大门实际上已经关闭。就算在未关之前，双方的态度也有些暧昧。皇太极既然熟悉金朝与宋的历史，当然知道宋与金的议和都是在打完胜仗之后才能坐下来谈条件。皇太极也要实行以打促和的战略，在阿敏率领部队回到沈阳后不足一个月，他便在五月初六亲自率领部队渡过辽河，兵锋直指宁锦。四大贝勒全部出动，留守沈阳的是杜度和皇太极的弟弟阿巴泰。

二

对于皇太极出兵最直接的目的，明朝兵科给事中徐征言看得很明白，“逆奴犯锦州不过扰我屯田、筑城，又恐我备一固，后难为力攻，及城工甫成、蓄积未厚，而引兵亟击”。皇太极的时机选择得非常合适，从朝鲜回师后休整不及一月即发动攻势，但是后来随着事态的发展，皇太极有些找不到根本了。

皇太极此次出兵，也是为了转移国内矛盾。此时的金国大饥荒仍在持续，一斗粮食价值八两银子，合每石八十两银子，根据同时期明朝大臣的奏章显示，明朝内部的平均粮价为每石八钱，两者相差百倍之多。原因很简单，金国内的粮食产量很低，人口急剧膨胀，与明朝的边境贸易断绝，即使手头有银子也没处买粮食。

民无食则乱，金国境内盗贼蜂起，偷窃牛马的人比比皆是，甚至吃人的惨剧都有发生，“国中大乱”。诸贝勒大臣要求刑乱重典，但皇太极予以否决他，认为“今岁粮食失收，民将饿死，是以为盗也”，“粮食失收，咎在我等”，他对这些人的处罚是“鞭而释之”。如何渡过这场大饥荒，自然是“以邻为壑”，“因粮于敌”。

此时的袁崇焕，一方面要分出精力应付朝中的政局，因为金国边议和边东征毛文龙和朝鲜，明朝认为自己上了金国一当，袁崇焕需要对此作出解释；另一方面，袁崇焕的主要精力在锦州、大凌河、小凌河、右屯卫四城，另外由于去年的雨水格外大，宁远城也需要修复。当皇太极的部队在广宁集结的时候，完工的仅有锦州一城，大、小凌河和右屯卫只是初具规模。袁崇焕下令将三城军民集中到锦州。

在广宁，皇太极兵分三路，自己率两黄、两白四旗攻掠大、小凌河；莽古尔泰率领正蓝旗掠右屯卫。这两路的主要任务是进行一番拉网式的扫荡，拆毁城基，搜捕来不及撤走的军民，然后与代善、阿敏率领的两红旗和镶蓝旗在锦州外围会合安营。代善因年岁最大，阿敏刚征伐朝鲜归来，故而皇太极和莽古尔泰先干一番力气活。

锦州守将为赵率教和左辅，镇守太监为纪用。在战前，兵部根据镇守太监刘应坤的建议，调整尤世禄驻扎锦州，另外宁远的总兵为杜文焕，大凌河的守将为左辅。但直到宁锦大战结束，尤世禄和杜文焕仍没有到位，主要军事将领仍然是赵率教和左辅，以及仍旧驻扎在山海关的满桂，这三个人都是去年随袁崇焕在宁远狙击努尔哈赤的宿将。

皇太极感兴趣的是纪用，认为镇守太监是天子近臣，他希冀能借纪用之力将自己议和的意图上达朝廷。

三

到达锦州城下后，皇太极并没有马上下令进攻，而是将在大、小凌河和右屯卫劫掠来的四百余名汉人悉数放归，允许他们回到锦州城。这在此前是绝无仅有的，之前不是杀掉就是掠走。皇太极想通过这种方式向明朝的守将和镇守太监示好，表示自己确实有议和的诚意。但是锦州城中担心这是皇太极想要打开城门的计策，故不为所动，不让城外之人入城。皇太极的兵马在外，这四百多人当夜便露宿在两军之间。第二天，皇太极再次网开一面，让这些人穿越金营，南下至宁远或山海关。

皇太极在城下的一番表演，令赵率教很是迷惑。他与纪用商议后，便派人到金营中探听虚实。皇太极话说得很是强硬，“欲降则降，欲战则战”，但需请两位太监出来答话，向他们陈述自己多年来受到明朝边吏的欺辱，希望能够转奏给皇帝；如果不来，那也不要紧，只要在城内住宅中设立记号，金兵破城后保证鸡犬不惊。皇太极还给纪用等人设置了第三条出路，那就是出城观战，看金兵如何剿灭明军，然后再向天启皇帝转奏金国的兵威。

皇太极眷眷于两位太监，其实是想从中找出议和的突破口。除了口述的三条出路之外，皇太极还在书信中陈述了自己在与袁崇焕办交涉过程中如何委曲求全，但它始终没有得到明确的答复。现在如果不进行议和，那就只有“或尔等被诛戮，或我等不克而归”。在送走使者之后，皇太极为了以打促和，便下令攻城。这次攻城尽管打的时间很长，但无果而终。

第二天，也就是五月十四日，皇太极派人传令给留守沈阳的阿巴泰和杜度，命他们遣将送来攻城的器械。可见在皇太极出师之时，并没有带这些“劳什子”。皇太极究竟打的是什么算盘，为什么前来攻坚反而不带齐家伙？莫非是认为自己一番激将法，即能够将守将引出来野战？

殊不知宁远之战后，“凭坚城，用大炮”已经成为明军抗击金兵的不二法门。尽管皇太极将赵率教等人嘲笑为“妇道”，比喻为“野獾入穴”，但守城将士不为所动。皇太极想像其父的辽沈之战一样，野战歼其主力，然后趁势入城已不可能。

或者皇太极此行只是为了炫耀兵威，但明军不野战，金兵不带攻具，兵威如何得以体现？皇太极此仗打得好像稀里糊涂。在攻城不克之后，皇太极在锦州之南的塔山、杏山驻营。

四

皇太极的如意算盘是，他北可以攻锦州，南可以阻援军。在攻城器械到来之前，皇太极再次对锦州展开劝降。一直到十六日，皇太极派出了三批使者，但都没有进得了锦州城。皇太极第一次派出的使者为汉人，纪用表示金国的使者是女真人方显得更有诚意；皇太极便进行了调整，派出绥占、五哥两位女真人，但守城官兵说使者来得太晚了，纪用已经休息；第二天天明后，绥占、五哥仍不能进城，赵率教站在城头提出金国先退兵，然后奏知朝廷定夺。

五月十六日这天，皇太极截获了袁崇焕写给纪用的一封密信，信中写到已调集水军六七万，山海关以及蓟州、宣府兵和辽西本地的前屯卫、沙河所、中后所的兵将都已经在宁远集结，而且蒙古的援军也已经到达指定地点，“我兵今将起行，料诸申末日已到”。最后还郑重其事地说，如果纪用回书，一定要亲笔书写，“我熟谙尔之文笔”。

此书是师法王阳明平定宁王朱宸濠叛乱时的故伎，是专门写给敌人看的。正德年间，王阳明为将朱宸濠拖在南昌，写出调集何处何方人马若干，正在四面集结等，还做成蜡丸，送信人故意被朱宸濠的哨探擒获。朱宸濠担心失去根本之地，果然不敢再动。王阳明争取了时间调集人马，朱宸濠失去了进攻南京的时间。计是好计，只是要牺牲下书人。

袁崇焕这样做，无非也是要争取时间，一是可以让皇太极不能专心攻城，他要防备明军和蒙古的合围；二是让皇太极顿兵坚城之下，意图执行渴盼已久的围城打援野战；三是袁崇焕可以等待援军，让各路援军做好战役准备，避免皇太极的以逸待劳。也就是在这一天，驰援锦州的满桂与率领金军的莽古尔泰、济尔哈朗在锦州之南的塔山相遇，双方互有损伤。这似乎更印证了袁崇焕书信的内容。

皇太极迟迟不攻，为的是等待攻城器械的到来。赵率教等人与皇太极虚与委蛇，可能是坐等皇太极师老城下，因为赵率教已实行了坚壁清野战术，金兵无所劫掠，一旦粮食供应出现问题，皇太极只有退军。但从实际情况来看，这是努尔哈赤与明朝作战以来时间最长的一次，一直到六月六日，皇太极才撤军。

看来，皇太极此次进军的主要目的并非因粮于敌。如果是金军自己裹粮而来，单粮食消耗一项就会令金国无法承受。锦州一带是在去年宁远战后方才陆续筑城、屯田的，所耕种的土地必定有限，皇太极的收获肯定非常微薄。而金国的辽东生产能力也极为可怜。但何以皇太极能够支持如此之久？莫非是年初东征朝鲜的收获在支持这场战役?

五

皇太极认定赵率教是在等待援军，故其还在做着以逸待劳、围城打援的美梦。但是袁崇焕的战略可以说是宁不援锦、锦不援宁，各自为战，不在野战上与金兵一决高下，守得住城池的人便是好汉。作为袁崇焕旧部的赵率教当然明白这个道理。去年的宁远之战中，守将满桂因驻扎前屯卫的赵率教不亲自救援而与之反目成仇，但赵率教执行的就是袁崇焕的军令。

蓟辽总督阎鸣泰说得更直白，他曾亲自对袁崇焕的参谋丘磊言道，宁远不可动，锦州即使失去，对宁远没有什么损害，但如果宁远失守，将会关门震动，一旦山海关震动，将引起京师的惊恐。何况在去年血战之后，宁远已成一个风向标。宁远的地位，已不仅仅是军事重镇，而是维系人心的一面旗帜。宁远绝不能丢。

尽管阎鸣泰与袁崇焕之间各有成见，议事多有不和，但在这一方面还是达成了一致。但细分析起来，两个人的出发点是截然不同的，可以说是“殊途同归”。阎鸣泰的观点仍然是将国防第一线设在宁远即可，没有修筑锦州诸城的必要，“锦州之守，原属非策，今既误矣，不可再误”。阎鸣泰的本意是不管锦州的死活，与袁崇焕的初衷大相径庭。

袁崇焕认为“宁远四城为山海藩篱，若宁远不固，则山海必震，以天下安危所系，故不敢撤四城之守卒而远救，直发奇兵逼之”。朝廷的意思也是如此，仍将关门作为防御重点。“锦州围困不容不救，然奴亦度我之必救”，明军“若直赴之，正坠其计”。故而命令袁崇焕不可离宁远一步，不仅如此，关外四城即宁远、前屯卫、中后所和中右所“各当坚壁，断不可越信地而远援”。

阎鸣泰由蓟州坐镇山海关，这仍旧是当初朝廷分工的体现。关门内外由袁崇焕负责，驻地为宁远；蓟辽总督在辽西有事之时，将驻地前移到山海关。同样，山海关总兵满桂前移到前屯卫，相机应援宁远。孙祖寿则接替满桂移驻到山海关，黑云龙则前移到山海关西面的一片石。可以说，在辽西有事的情况下，明军的应急方案就会如此启动。

这可以算作外线，外线之中，只有满桂的兵马可动，支援锦州和宁远。兵部还从内线的昌平、保定、天津以及宣大征调两万五千兵马应援，但这些只是纸上的数字，尽管命令中要求“星夜赴关，不许逗留”，但实际及时赶到的寥寥无几，执行战斗任务的还是原班人马。

六

五月二十五日，皇太极所要求的攻城器械运抵前线。此时，皇太极已经围困锦州十余日，除了一次攻城战和数次劝降之外，皇太极顿兵坚城之下无所作为。奇怪的是，皇太极并没有再次进攻锦州，除留下一部分金兵盯住锦州之外，大军悉数南下进攻宁远。宁远距锦州约二百里，金兵于二十八日抵达宁远城下。此时，皇太极看到宁远城防守森严，城上黑洞洞的红衣大炮很容易让人回想起一年前的情景；在城外，北部有一千余名明军在掘壕而守，南部是满桂率领的部队。

代善、莽古尔泰、阿敏等人打起了退堂鼓，认为守城兵离城太近，就算是攻过去杀伤恐也不多。从这句话来看，金国的中枢根本就没有攻坚的打算。但缘何又舍锦州而就宁远，又缘何不辞辛劳从沈阳调来器械就不得而知了。从五月初六出师到现在已经二十余日，金兵还没打过一场像样的战斗。如此下去，金兵的士气会低落到无法收拾的地步。皇太极既然到此，不得不战。

贝勒中只有阿济格跃跃欲试，其他的贝勒大多持反对意见。皇太极认为，昔日努尔哈赤攻宁远不下，自己攻锦州不下，因是坚城尤有可说，“似此野战之兵，尚不能胜，其何以张我国威也”？皇太极一怒之下，与阿济格率先冲锋，其余的贝勒无可奈何也只得催马紧跟，有的甚至来不及披挂整齐。此战，皇太极并没有占到多大便宜，因为城外的明军可以得到城上炮火的支援，红衣大炮的射程和精度远高于宁远之战前的火炮，贝勒济尔哈朗、萨哈廉都挂了彩。

皇太极攻宁远不克，又接到锦州的战报，担心被明军截断归路，故此又折而向北。在皇太极率主力离开锦州后，赵率教等人趁机向围困锦州的金兵发动了一次进攻，拉开了皇太极梦寐以求的野战。但主力已经远去，双方互有伤亡。当皇太极三十日到达锦州后，“向锦州城举炮，吹磁罗，喇嘛号，号筒，跃马而前，呼噪三次”，真不知道皇太极是穷极无聊搞的闹剧，还是另有深意。

不管是宁远城下，还是锦州城下，金兵的伤亡都不小。据阎鸣泰和刘应坤的奏报，在宁远城下“打死贼夷约有数千尸”。在六月初一，皇太极还特意祭奠了阵亡将士，将“战中所俘获的人口马匹”全部赏给他们的遗属。

到六月初三，皇太极完成了攻城准备。此时满桂在完成宁远保卫战后，也赶到锦州支援赵率教。由此可见，在去年的宁远之战中，尽管满桂与赵率教反目成仇，不管当年的曲直在谁，满桂能够不计前嫌，也算得上是铮铮铁汉。

七

攻锦州城是从六月初四开始的，从时间上来看，这次攻城持续的时间不到一个时辰，简直是浅尝辄止。但就是这不足一个时辰的攻坚战，使金兵“士卒伤亡甚众”。在《满文老档》的记载中这是极为罕见的。从偷袭抚顺开始，经过萨尔浒之战、辽沈之战、广宁之战，到去年的宁远之战，对自己人伤亡的说法只是仅仅几人，最多百人，甚至己方一无伤亡，难得像此次用“伤亡甚众”来形容。

宁锦之战是皇太极继位以来的第一次亲征。落得个铩羽而归，真不知该如何向国人交代。皇太极是否会迎来一次信任危机？老汗在时，号称是攻无不克、战无不胜，只是老了在宁远翻过一次小船。新汗继位，开门第一仗的东征毛文龙和朝鲜打了三个月，第一次亲征损兵折将，一无所获。

皇太极此役显得有些进退失据、虎头蛇尾。金兵此役的目的当是阻止明军筑城，其目的已达到一半。既然战略明确，就当以毁城为重点。所新修三城为锦州和大、小凌河，大、小凌河可毁则毁，锦州难毁则可留待日后，奈何进攻锦州三心二意，复又碰壁宁远。

皇太极临时起意，必定导致左支右绌：兴师动众，竟然没有携带攻城器械，等攻城器械到了，舍弃围困十余日的锦州而赶赴宁远；到了宁远又不攻城，在城外杀上一阵，又回转锦州；回到锦州四天之后，却只发动了一场不足一个时辰的攻坚战。

明军倒是打得非常顽强，不仅有守卫战，还有野战。尤其是在宁远和锦州城下，满桂的部队很是勇猛，袁崇焕承认此役“满镇之力居多”。去年的宁远之战只是守卫战，这次“始一刀一枪拼命”，不再惧怕金兵的“凶狠彪悍”。尽管如此，明军并没有“宜将剩勇追穷寇”，看来此仗明军也是尽了全力，难以追击。阎鸣泰在奏疏中说道，“此番之战，我兵伤损亦多”。

如同皇太极将父亲努尔哈赤攻宁远不克的原因归结为天寒地冻一样，皇太极也将自己攻锦州不下的原因归结到天气上面，“时值酷暑，战难以骤拔”。有点儿类似项羽在乌江战败后的名言，“非战之过也”。

失之东隅，收之桑榆。皇太极在宁锦城下没有讨到便宜，但在西线却大有收获。就在回师途中，留守沈阳的阿巴泰和杜度遣急足来报信，说察哈尔有三个部落要举国来归。这无疑令皇太极很高兴，但也很狐疑。在科尔沁和喀尔喀部之后，察哈尔部成为皇太极最大的对手；而在蒙古诸部中，察哈尔部尽管也不大听话，但仍是明朝在北部最大的盟友，是他们招抚的主要对象，时常因为贪图明朝的赏银而与金国发生冲突。在蓟辽总督和辽东巡抚的主要工作中，除了战守就是招抚蒙古即察哈尔部。

八

回到沈阳后，皇太极便令每旗派出一人，骑着旗主贝勒的马匹去探听真伪。在金国，马匹是将士的私财，皇太极此举完全是体恤士卒。这八人竟与察哈尔三部派来的使者擦肩而过。察哈尔的使者独自前来，见到皇太极后，陈述归顺的理由是因为察哈尔的林丹汗“蔑弃兄弟，败坏伦理”，并请皇太极指定住处。尽管大多数蒙古人不会耕作也不屑于耕作，只能使金国的饥荒形势加剧，但皇太极还是表示了极大的欢迎，并表示对来降三部不指定地界，“任尔居之可也”。

六月二十五日，皇太极亲自率领一千五百人前去迎接。三部贝勒为表示诚意，还将明朝的劝阻书信转给皇太极。看来明朝的边吏是知道察哈尔三部要转投金国的，估计林丹汗也是掌握情况的。但是双方都没有能力去阻挡，尤其是明朝自宁锦之战后，也是大伤元气，急需休整。看来，察哈尔三部所选择的时机是绝佳的，此时皇太极宁锦铩羽而回，是极其需要这样一场体面之事的。

在这一年，察哈尔部的一些小部落纷纷来归，让皇太极心里极为舒畅。但是由于阿巴泰的表现，他们之间出现了一丝不和谐的音符。在一次欢迎宴会之后，阿巴泰明确表示以后不再参加此类宴会了，第一个理由是哭穷，自己没有一件像样的衣服，以前皇太极赏赐的皮袄在改小后一分为二给了自己的两个儿子。阿巴泰再穷，也不会穷到这份田地。第二个理由是阿巴泰自己耻于与诸小贝勒并坐。

努尔哈赤有十六子，阿巴泰排行老七。在诸兄弟中，老大褚英已死，现在最为显赫的是努尔哈赤元妃所生的代善、继妃所生的莽古尔泰和德格类、孝慈高皇后所生的皇太极，大妃所生三子阿济格、多尔衮、多铎；其中代善、莽古尔泰是他的兄长，他们和兄弟皇太极、堂兄阿敏组成金国的权力核心。

阿巴泰在皇太极继位之初，就曾有过跻身四大贝勒的愿望，在继位大宴之后，他有些愤愤不平，“战则我披甲胄而行，猎则我佩弓矢而往，赴宴则坐于子弟之列，我觉可耻”。他派出两人向皇太极发牢骚，皇太极认为传话人就不该传这样的话。当时，皇太极没有作出处罚，可能是立足未稳，如果没有过分的举动，还是以和作为第一要义。

皇太极南下进攻宁远之际，阿巴泰和杜度一起留守在沈阳看守老家。按理说，阿巴泰是受到了皇太极的信任和重视的，但他有些操之过急了。在宴请蒙古贝勒之后，阿巴泰命令副将纳木泰将自己琢磨出来的两条理由转奏给皇太极。

这次牢骚与继位宴的一个重大区别，就是所遣人员的身份不同。第一次他派出的是两位额驸，算是家里人，而且女真素有重视外家的习俗，这算是家务事。第二次他派出的则是属下，无形中将此事提升到了国政的高度。

九

故而皇太极很是气愤，他认为自己对阿巴泰已经很不错了，在即位之初就赐予了他六个牛录，并将其提升为贝勒，现在看来他真正是“得陇望蜀”了。

皇太极不再隐瞒，将此事公之于众。三大贝勒和诸贝勒指责阿巴泰，一是在努尔哈赤时代，阿巴泰兄弟辈的德格类、济尔哈朗，子侄辈的杜度、岳托、硕托就已经“随班议政”了，而阿巴泰没有。二是三个幼弟阿济格、多尔衮、多铎是努尔哈赤“分给全旗之子”，而阿巴泰只在一年前才获得了六个牛录。阿巴泰此次完全是非分之想，所定罪名为“紊乱纲纪”。在指责之下，阿巴泰自知理亏，倒没有强辩，“我诚有过”，甘愿领罪。阿巴泰得到的处罚是将配备不同档次鞍辔的马匹分送给皇太极、三大贝勒、诸贝勒。

蒙古来归作为引子，引出阿巴泰妄图晋级为大贝勒的闹剧。这一场闹剧很快过去，但是由于来归的人口日益增多，致使金国的粮食供应更为紧张。夏季的收获不尽如人意，秋季的粮食歉收的可能性很大，皇太极想与朝鲜展开互市，大做粮食生意。

七月初十，金国出征明朝之前派往朝鲜的使者刘兴祚、英古尔岱也回到沈阳，随同前来的还有朝鲜国王的使者。使者当中就有姜弘立的儿子，他们此行的表面目的是感谢皇太极送还了王弟李觉，实质上他们是来请求金军从义州撤离。说这些驻军“驱民耕种，四处侵掠，夺取粮食”，至于说到“自今伊始，永坚和好”等完全是敷衍之词。

九天之后，皇太极将万历四十七年俘获的朝鲜将领姜弘立放还，随同朝鲜使者和皇太极的使者阿达汉、巴奇兰返回朝鲜。至此，姜弘立已经在金国待了八年之久，其中甘苦自知。

姜弘立是可以归国了，但是他的部下却有相当一部分留在了金国。在金国与朝鲜的一系列交涉中，他也曾提到了这一问题。皇太极将不遣返的原因归结为他们逃跑之人。因为其中一部分人趁金人不备，偷偷地逃回了朝鲜。皇太极要求将这部分逃跑之人遣返，而朝鲜认为这样做大伤情理，难以办到。最后，皇太极的解决方案是要这些逃回去的人的亲属支付赎金。

在给朝鲜国王的书信中，皇太极称李倧为“王弟”，这是在正月东征朝鲜时达成的协议，金国为兄，朝鲜为弟。皇太极再次解释金军驻守义州，完全是为了防止毛文龙的明军借机占领。如果朝鲜能够明确拒绝让明军进入并遣朝鲜军队驻守，金军即刻就可以撤还。

第九章 崇祯登基

魏忠贤私心自用，妄图让自己的堂孙女生下大明之后。故而暗施诡计，宫中怀孕的妃子屡屡小产。

与明宪宗发生畸恋的万贵妃，为了自己的亲生儿子能够做太子，也是施以种种手段，阻止其他的妃子怀孕或者孕后使之小产。万氏比明宪宗年长十七岁，越是着急越是不行。

后来宫眷和太监看不下去，偷偷将怀孕的纪氏藏了起来。纪氏不负重望，果然产下麟儿。但儿子长到六岁才得以认父。宫中长昼无事，宫女太监将此作为绝大的秘密，竟能保守七年之久。由此可见，万贵妃并非如魏忠贤和客氏般能操纵全局，也是明熹宗在位年头太短，如果假以时日，也难保不会出现当年的旧局。

客氏则是另有打算，她试图将怀孕的宫女暗送入宫，把儿子侯国兴的孽种当作龙种。魏忠贤和客氏可能是互相牵制，终于谁也没有得手。

最令魏忠贤和客氏两人想不到的是，明熹宗竟然在二十三岁的时候突然“龙驭上宾”。熹宗的弟弟信王继位，即明思宗崇祯皇帝。

一

一个月之后，朝鲜使者随阿达汉、巴奇兰来到金国，明确提出“我国地方我自居守，岂有授权他人居住之理”，并且已经和阿达汉、巴奇兰赴朝期间商议了派员驻守的问题。至于如何防止毛文龙登岸，李倧没有在书信中写明，只是说“所遣官员，自可口述”。双方如何密议不得而知，可以肯定的是朝鲜方面的建议得到了皇太极的认可，故而皇太极下令撤军。可以推想得出的是，皇太极要求朝鲜加大双方互市的力度，从朝鲜取得粮食等重要物资，以解决金国的粮食匮乏问题。

但是朝鲜并不打算同意在边境展开贸易，所选定的地点是在双方的京城。但皇太极认为，这样做对普通老百姓而言非常不方便。皇太极心目中的地点是在鸭绿江岸的北部会宁和南部义州两地，但朝鲜认为，会宁一地原曾与居住在黑龙江一带的野人女真贸易，但荒废已久。义州则是刚刚经过战争，邻近的两道也是赤地千里。

况且，朝鲜北部的两道本来就很贫瘠，在经过战争之后已经没有了可贸易的资源，更加雪上加霜的是在本年度“春雨过多，夏旱太甚，耕种失时”，粮食歉收。如果从南部六道而来，“千里运粮，势或不易，恐不能大副所望”。

故而朝鲜表示“非不欲尽力”，但既无天时又无地利，进行贸易一年乃是“缘木求鱼，计无所出”。但金国既然提出来，作为兄弟之国，朝鲜也要尽绵薄之力，“尽力办米三千石，一千运往市上变卖，两千无偿相馈”。朝鲜对金国提出贸易的要求不敢明言拒绝，只是找出各种理由推托。朝鲜一是心怀明朝，对金国的态度是“人在屋檐下不得不低头”；二是与金国贸易，不但无利可图，甚至还可能人货两失。在经过东征之役及义州驻军期间，金兵的烧杀抢掠，早已使朝鲜民众视金人为刽子手，这样的生意伙伴如何招惹得起？

皇太极倒是显出了极大的耐心，与朝鲜往来交涉，使者往返数次，并再次拿出毛文龙说事，言称朝鲜供养毛文龙达七年之久，我要求开市一年都不行吗？朝鲜抵不过皇太极的软磨硬泡，只得在非常不情愿的情况下同意开市。

为了争取开市，金国对于逃跑之人作出了极大的让步。朝鲜方面在书信中说得极为可怜，既不能庇护子民于前，再缚送之于后，在人情上难以做到。金、朝交涉的结果是以今年正月金国东征朝鲜渡过鸭绿江之日作为节点，此前的一笔勾销，此后的必须归还；后又放宽到金兵从义州撤出之日。金国还统计出详细人数，男丁二百九十六名，妇女七百三十五名。

二

朝鲜对此数字表示出极大的怀疑，因为这是从金国逃亡的人口，但是“死于饿冻者有之，死于豺狼虎豹者有之”，

“得以生还者想百无一二”，此其一；这些生还者因为知道要将他们缚归金国，遂“各自逃散，无迹可寻”，此其二；还有一些人“潜越无人处往投毛文龙，未被边臣察觉，即察觉，亦无可奈何”，此其三。有此三者，再加上两国既已和好，“我国之人即贵国之人；贵国之人亦即我国之人”。但金国的面子不能不敷衍，故而，朝鲜只是象征性地送回了五人。

在与朝鲜交涉期间，皇太极亲自带队攻击了察哈尔部的一个小部落。此役往返一个月，算是一个小规模的远袭。在战斗中，皇太极的两个幼弟多尔衮、多铎表现很突出，皇太极便赐予多尔衮墨尔根戴青、多铎额尔克楚虎尔的称号。墨尔根的意思是“贤、智、贤明、睿”，还有神枪手的意思，戴青的意思是“善战的，尚武的”；额尔克的意思是“雄壮、豫”，楚虎尔的意思是“斑驳的”。此后，这两个称号跟随他们一生，直至他们分别被封为睿亲王和豫亲王，也是脱胎于这最初的封号。

在皇太极出征察哈尔之前，刘兴祚的家人来报，刘兴祚在晚上自焚身亡了。刘兴祚在金国汉官之中，仅排在佟养性和李永芳之后，属于受宠信者；在与朝鲜交战和近期的外交中，刘兴祚是主要使者。而且刚刚从朝鲜出使回来，何以有此决绝的举动？

关于致死的原因，刘兴祚在给他的好朋友达海的书信中说得很明白，是因为近期屡屡被弹劾，尽管皇太极不加以处罚，但是时日一长，难免会产生“三人成虎”的后果，故而出此下策。也可能是最近刘兴祚屡屡与朝鲜往还，既引起金国女真人的忌妒，且因为刘兴祚为汉人，怀疑也会油然而生。

这只是表面的现象，据皇太极分析，是因刘兴祚的旗主代善“虐害”所致，“夺其乘马，取其财物”。之所以形成这种看法，是因为皇太极接到控诉代善虐待属人的例子不在少数。在清室的记载中，代善屡屡以忠厚长者的面目出现。可能在皇族内部代善的确如此，但其对下却刻薄寡恩。

此前他也给人们留下了合理推断的空间。刘兴祚曾经假装自缢过一次，很凑巧地被他的妻子发现救下。刘兴祚要寻短见是因为自己与毛文龙偷偷通信被人告发，皇太极认为事无佐证，只是得到监视居住的处罚。

三

与致达海的信一同送出的还有给萨哈廉和库尔缠的。刘兴祚的妻子是萨哈廉奶妈的女儿，从清圣祖康熙帝对奶妈的儿子曹寅的态度可以推想得出，刘兴祚一门与萨哈廉的关系甚深。也可以分析得出，刘兴祚即属于代善的镶红旗，可能是拨在了萨哈廉的名下。给萨哈廉书信的内容不得而知，估计是表示不能再服侍主子之类的话。库尔缠则是刘兴祚的刎颈之交，刘兴祚恳请库尔缠将他葬在札木谷中。

达海是金国的第一神童，九岁即能读书，通女真文和汉文。在中原腹地，九岁读书作诗的儿童很多，但在处于半开化期的金国来说，确实是难能可贵。达海后来根据皇太极的指示，增改努尔哈赤时期所创造的旧满文为新满文，被称为女真人的“孔夫子”，他死后谥号为文成。库尔缠也是能文能武，有担当，义气深重。从一个人的朋友可以看出其人的本性，刘兴祚也可称得上是一个人物。

刘兴祚这三封信送得恰到好处，达海此时相当于皇太极的机要秘书，送给达海其实也就是送给了皇太极，这是从公的角度上的一种变通处理；给萨哈廉则是金国特殊的体制，国人无不在旗，这是对主子的一种交代；致库尔缠则是私交。刘兴祚这三封信是经过深思熟虑的，但他最主要的目的不是天衣无缝地处理三种人际关系，而是借此掩盖自己的诈死潜逃。

刘兴祚并没有死，他逃到了毛文龙的皮岛。尽管刘兴祚看起来风光无限，但是内则受到旗主贝勒代善的欺凌，外则被女真人怀疑。在努尔哈赤时代，刘兴祚镇守辽南的时候，曾经被怀疑通敌而与李永芳的长子同时被逮至沈阳，为了防止二人自杀，他们被结结实实地捆在马上，最后事无佐证被释放。在皇太极时期，刘兴祚也曾被怀疑有潜逃的念头，幸亏他的至交库尔缠极力担保，他才得以无事。在东征朝鲜之役中，阿敏鄙视痛骂李永芳的情景，肯定令他有物伤其类的感觉。这是他潜逃的深层原因。在屡次出使朝鲜的过程中，刘兴祚与朝鲜取得了默契并通过朝鲜与毛文龙取得了联系。刘兴祚决定不再等待，他要执行自己的计划。

他在出逃前，邀请一位盲艺人为其献艺并留之饮宴。席间，刘兴祚盛赞盲艺人的歌喉，趁酒兴将自己的金戒指赏给盲艺人，还亲自给他戴上。盲艺人自然是千恩万谢，他认为遇到了知音，宾主尽欢。盲艺人醉后，刘兴祚焚屋而去。待到人们将火扑灭后，从中找出盲艺人的尸首，当然已是烧得面目全非，从手指上的戒指推断，死者为刘兴祚无疑。

四

真正的刘兴祚已经悄然潜行至朝鲜，等待他的兄弟。刘兴祚兄弟众多，至少有六个，他排行第二，老大叫刘兴沛。众兄弟中，才智能够与刘兴祚比肩的是老五刘兴治，另外还有老六刘兴贤，其余的兄弟为兴亮、兴邦、兴基。

当然，这些情况皇太极尚蒙在鼓里，他在嗟叹之余，要准备袭击察哈尔的战役。刘兴祚的儿子袭父职为副将，跟随皇太极出征，刘兴治等人留在家中为刘兴祚治丧。根据刘兴祚给库尔缠的书信，他的遗体要安葬在札木谷。札木谷不知在何地，但可以肯定的是必处在能够逃亡朝鲜的有利位置。这样，刘氏兄弟便可以借治丧之机潜逃。兴治等兄弟六人来到朝鲜，与刘兴祚会齐，由朝鲜派人送到皮岛。

刘兴治兄弟齐刷刷地消失，自然会引起金国极大的怀疑。尤其是后来，从明朝过来的降人，将刘兴祚的出逃妙计演绎得活灵活现，这使得刚从出征察哈尔前线归来的皇太极自觉受到了愚弄，极为光火。从日后皇太极寻找刘兴祚的踪迹时，曾经说过的“擒刘兴祚，胜得永平”可以看出，在皇太极心目中刘兴祚是非常重要的。刘兴祚曾长期担任辽南的镇守官，对金国虚实尤其是辽南四卫的情况了如指掌。的确如此，刘兴祚的到来，同样令明朝人大为兴奋，认为可以借此机会一举恢复辽南四卫。

在刘兴祚逃走后不久，又有人逃走了。本来在金国逃跑之人每天都有，故而无论是与朝鲜还是与明朝边吏的议和中，都提到不得收容并须遣返逃跑之人的问题。甚至入关之后，因逃跑之人众多，金国曾在兵部设置专门的督捕侍郎，成为清初的一大弊政。但现在不同，刘兴祚是身居高位的汉官，而最近逃的这位则是纯正的女真人。逃跑之人是阿达海，因其最近刚做了一件令皇太极非常不快的事情而逃跑。

努尔哈赤最疼爱的幼子有三个，除了多尔衮和多铎就是阿济格。但是最近阿济格的表现很是令皇太极生气，他竟然不与三大贝勒和皇太极商量，便私自为自己的弟弟多铎与阿布泰的女儿订婚。这就违反了家规和皇太极的禁令。为了扩大和巩固家族的势力，贝勒的婚事都会由汗亲自指定，这是阿济格违反了家规。皇太极曾发布禁令，禁止贝勒家与阿布泰联姻。另外，这个媒人更是要不得。

媒人是阿达海。他曾经在努尔哈赤时代逃到了明边之内，这次逃离可以说是千难万险躲过追杀，但不知什么原因，阿达海去而复返。努尔哈赤不计前嫌，将阿达海留在自己的左右。

五

这对阿达海来说，简直是一种升赏了，由此可以简单地推断出阿达海的逃离并非主观意愿，而是迫于形势。联系到日后刘兴祚的出逃，可以推出起因可能是代善不能容人。

阿达海对努尔哈赤的知遇之恩很是感激，在努尔哈赤死后，一直将其生前用过的头盔作为念想留着。可能是阿达海不告而取，故被要求归还。在威逼之下，阿达海将头盔扔在地上，这一下犯了众怒，因为努尔哈赤相当于金国的“神”，而且死者为大，阿达海这样做不仅是亵渎死者，更是对女真几百年来的第一流人物的极大不尊重。阿达海受到的处罚是鞭责五十下。

负气的阿达海再次潜逃。这次命运之神不再眷顾于他，皇太极没有像他父亲一样容忍阿达海，而是将其斩首。

皇太极取宁远、锦州不下，奏折递到京师变成了宁锦大捷。其实，这只能算得上是能够守得住而已，如果说是大捷，应该是“宜将剩勇追穷寇”。但与宁远大捷合在一起，是万历四十七年努尔哈赤兴兵以来，明军能够狙击金兵的两次战役。如果不是宁锦大捷，金军就可能实现努尔哈赤的未竟心愿，出现叩关的要命局面。袁崇焕与皇太极虚与委蛇，他才能够争取时间在宁远之外增加一个著名的要塞——锦州。使宁远不再是一座孤城，两者之间能够互相呼应。

朝廷在一阵狂喜之后，紧接着得到的消息是袁崇焕的离职。

自努尔哈赤兴兵以来，明朝能够阻止金军西进南下步伐的只有熊廷弼、孙承宗和袁崇焕。但都是因为纷起的党争导致“行百里者半九十”。魏忠贤要借熊廷弼以入东林党人的纳贿之罪，排挤孙承宗是担心这位督师、帝师挥军清君侧，至于袁崇焕则是去得有些莫名其妙。

袁崇焕对于魏忠贤派出监军太监的举动，没有明确反对，尽管知道这些会遭到掣肘；而且他也随大流修筑魏忠贤的生祠，每次军事上的胜利都要归功于厂臣的运筹帷幄、决胜千里，就连运送军器的内臣，袁崇焕也不忘在奏疏中浓墨重彩地描述一番。但就是这样，魏忠贤也容不下袁崇焕，“终不为所喜”。在宁锦大捷之后，魏忠贤一干人封官晋爵，袁崇焕却落得一个黯然离职。袁崇焕被朝中阉党攻击的理由是不救锦州为“暮气太深”和战前“轻遣番僧讲款”。袁崇焕讲款，是奉了朝廷的旨意，派遣李喇嘛即所谓的“番僧”是为了冲淡官方色彩，而且金国素信喇嘛教，这么做可以取信于人。

锦州不能救，如果袁崇焕尽起宁远之师而救援锦州正坠入皇太极的彀中。也正是袁崇焕之不救锦州，才能够使皇太极屯兵坚城之下，难以发挥野战的功效，取得朝廷上下认同的宁锦大捷。

六

袁崇焕的不安于位，在宁远大捷之后便现出端倪。关内关外巡抚与总督、将帅之间大起矛盾，尽管后来冰释，但给朝臣的印象仍是袁崇焕恃宠而骄。尤其是与皇太极的假装议和，更是犯了人臣无外交的大忌。袁崇焕认识得也很清楚，认为自己“奋勇图敌，敌必仇；奋迅立功，众必忌”，所谓谤书满箧，袁崇焕亦有些招架不住了。

在谕旨发布的功劳榜单中，尽管袁崇焕名列百名左右，但还是成为攻击的靶子。其重要原因就是袁崇焕始终不为魏忠贤所喜。在魏忠贤心目中，袁崇焕与自己不是同路人。袁崇焕的座师是韩爌，举荐袁崇焕立功辽东的是侯恂。两人都名列东林党，在重座师、举主的时代，将袁崇焕划在对立面是很自然的事情。而且在举朝阿谀奉承之中，魏忠贤也将谕旨中称誉因自己调度方有的宁锦大捷，信以为实，认为金国不是很难对付的。去了袁崇焕，安插自己人到辽东，凭自己的运筹帷幄仍能够立些边功。

接替袁崇焕的是王之臣。在宁远大捷之后，因他与新任辽东巡抚的袁崇焕意见不合，为统一事权将王之臣调离。现在王之臣又回来了。

继袁崇焕去职的竟是魏忠贤的死党兵部侍郎霍维华。宁锦大捷后，立首功的是袁崇焕，但是受赏最高的并不是他，而是身居大内的魏忠贤，之下是包括内阁辅臣在内的各色人等。霍维华就找了一个这样的机会，要将自己所得封赏全部转给袁崇焕。这引起了魏忠贤极大的不高兴，他认为霍维华一是沽名钓誉，再则表现出自己封赏不公。霍维华借此提出辞呈，魏忠贤很快就批准了。

在魏忠贤面前能够摇得起“羽毛扇”的魏广微、霍维华、顾秉谦、冯铨先后离开朝廷，从此，魏忠贤只剩“爪牙”，没有了“谋主”，这是魏忠贤“自毁长城”。四个人中离职最早的是魏广微，他在去年的时候曾上疏责怪锦衣卫追逼杨涟太过，触怒了魏忠贤，自己百般弥缝也是难以挽回，只得黯然离去；其次是顾秉谦为冯铨陷害，谁知螳螂扑蝉，黄雀在后，崔呈秀为顾秉谦出头搞走冯铨。

在四人中，霍维华是主动离职，以避开魏忠贤这座冰山。如同当年勾搭上魏忠贤一样，这次找借口离开也同样是通过宫中的内线。眼线传出来的消息是熹宗皇帝离大去之期不远矣。魏忠贤依靠的是熹宗的无比信任，如果熹宗“龙驭上宾”，魏忠贤将会如同大厦般呼啦啦倾倒。作为科举出身的读书人，霍维华非常清楚，在本朝没有任何一位权阉能够当上两朝重臣的。赫赫有名的王振在正统王朝结束前夕被人群殴致死，刘瑾在正德中期就被推上断头台。

七

霍维华是一个绝顶聪明的人。熹宗无子必然是兄终弟及的结果。熹宗睽睽如童蒙，唯独对弟弟信王朱由检和皇后有浓浓的亲情；而信王对魏忠贤极为防范，以不问国事韬光养晦；皇后因为魏忠贤策动刘志选由攻击乃父张国纪入手以期动摇中宫而对魏有所防范。如果熹宗驾崩，入继大位的一定是信王，而在信王入主之初最信任的人也一定是张皇后。

这两个人一旦联手，魏忠贤将死无葬身之地。所以及早与魏忠贤划清界限是上上策。但如何不着痕迹而且能够青史留名呢？他眼前的机会就是借重袁崇焕。

这也说明霍维华在内心尚且知道善恶标准，明白魏忠贤一定会遗臭万年，袁崇焕是真正的干城之才。他只是为了贪图眼前的荣华富贵，而丧失自幼被灌输的礼义廉耻大节。

一开始，霍维华并非如此决绝，而是想通过另外一种方式来延长熹宗的生命，即是延长魏忠贤及自己的政治生命。他在抱最后一根稻草，这根稻草就是“灵露饮”。就是通过复杂的蒸煮手段，弄出米的精华，供熹宗延命。可惜的是，此方徒有虚名，不见熹宗有所好转，反而有些或大或小的反作用。魏忠贤心中极为气恼，忍不住要板起脸来痛责霍维华。

弄巧成拙的霍维华使出了自己的杀手锏，以金蝉脱壳之计，不着痕迹地离开风雨将至的朝堂，并试图留下一个好名声，以期日后东山再起。

熹宗的发病与武宗有些类似。武宗就是赫赫有名的正德皇帝，他与熹宗一个爱动，一个爱静。熹宗是闭门宫中做木匠活，而武宗则是想做驰骋塞外江南、立功绝域的大将军朱寿，反正二人都不想做他们的本职工作——皇帝。当皇帝是男人梦想的极致，但这两位却有些弃之如敝屣。

武宗是在王阳明灭掉朱宸濠之乱后，仍然要御驾亲征。他梦想放朱宸濠于鄱阳湖中，假装是被至尊所擒。武宗在南京滞留一年之久，终于将朱宸濠放于两军阵前。武宗全身披挂，一戟按在朱宸濠背上，圆了他亲征擒贼的英雄梦。

在回銮途中，武宗与内侍驾舟于积水潭中，不慎落水导致落下病根。其强壮的身子禁不住秋水的寒浸，终于在回京后驾崩，年仅三十一岁。熹宗操舟于西苑，与两个小太监在水深之处游荡，魏忠贤与客氏则在近岸的大船中饮酒作乐，恍若神仙一般。熹宗重蹈了武宗的覆辙，小舟侧翻落水。经过一番抢救，熹宗被捞上岸来，两个小太监却做了水鬼。巧合的是，熹宗落水之时亦是秋季。秋水要了两位皇帝的命。

八

熹宗即位之初，为了阻止朝臣逐客氏出宫，曾说到自己秉性虚弱，多亏客氏扶持。其实就算是熹宗有武宗那样的身子骨，也会被掏空的。思宗初即位，一夜闻到异香，心有所动，仔细寻找，发现角落里有个小太监在焚香，其中含有很高的催情成分。思宗顿时领悟，原来他的父兄皆毙命于斯。

常言说，千金之子坐不垂堂。身为至尊，有此水厄，只能说是自作自受，怨不得旁人。与武宗一样，熹宗亦无子嗣。武宗可能是纵欲过度，作践了身子，常说多欲寡男，武宗连个女儿都没有。高阳先生在《明朝的皇帝》中认为武宗的母亲张太后是明皇室的罪人，因为她如同大家庭的祖母，如果管不好儿子，那就会催促儿子赶紧给自己生孙子。完成传宗接代的任务之后，再由你去胡闹。在世宗即位之后，张太后饱受凌辱，实在是咎由自取。

中国历代王朝还有一种奇怪的现象，就是每到朝代的末世，皇帝的子嗣往往不昌，而在前期则是子子孙孙绵延不绝。明太祖朱元璋有二十五子，而到后世的光宗只有两子，熹宗绝后，崇祯帝长成三子；清太祖努尔哈赤十六子，文宗咸丰皇帝仅一子，同治皇帝、光绪皇帝绝后。

武宗是独苗，仅有的一个弟弟在三岁时早殇。在宗室中进行一番比较之后，他认为兴献王世子朱厚熜比较合适。兴献王是武宗的父亲孝宗的弟弟，武宗的叔叔；武宗与朱厚熜是堂兄弟，算得上是兄终弟及。

应该说熹宗的父亲光宗比武宗的父亲孝宗幸运，因为他还生有另外的儿子，不至于将帝系转移到其他人那里去。但是如同孝宗的不孝儿子武宗一样，熹宗也没有留下一根苗。熹宗倒是颇具有生养能力，但是俱被有私心的魏忠贤害死胎中。魏忠贤的目的只有一个，就是要他的堂孙女生下熹宗唯一的儿子。

魏忠贤的堂孙女是熹宗后宫的嫔妃之一，有如此强有力的外援，却不能够产下一男半女。实在是魏门不幸。魏忠贤打的如意算盘很精妙，可惜堂孙女的肚子却不争气。

至于客氏，她所行之事更为凶险。她想要自己的儿子侯国兴做第二个吕不韦。在信王即位之后，在客氏家中找到几名怀孕的宫女。客氏招认是打算送入宫内冒充熹宗的血胤。至于这蓝田之种是谁的，客氏不会便宜给外姓的，只能是他的儿子侯国兴。此策也是失之于缓，尚未实行熹宗就已经归天。是不是客氏要使自己的阴谋得逞，而对魏忠贤的堂孙女有所防范，故而两人互相牵制，有计也是无计。

九

熹宗驾崩时无子，的确是客、魏二人极大的失误。如果当时有一个黄口孺子，他必定会成为熹宗的继承人，相对于信王来说，自然是更容易驾驭的。魏忠贤悔不当初，只能补救于现在。

熹宗临死前倒是很清醒，在断气的当天召见了弟弟信王朱由检，勉其为尧舜之君。在信王即位之后，曾问群臣尧、舜两帝谁更为杰出，群臣众口一词为尧，信王一人坚持为舜，因为舜能杀四凶。这是较为谨慎的信王第一次委婉地透露出要除掉魏忠贤一伙。但在当时，对皇兄临终之言，信王不可能作此比较，只能是一味地谦虚，说不敢当，还说皇兄定能不药而愈。

尽管熹宗没有明说，但在这种情况下就是口谕信王在自己宾天之后，继承皇位。皇位授受，如果没有确立皇太子，臣子也能从一些细节中得出结论。雍正帝在秘立弘历为太子之前，封他为宝亲王，而另一子弘昼则为和亲王。意思很明显，日后弘历要登大宝，而兄弟之间要和睦。至于康熙皇帝，将皇十四子胤禵封为抚远大将军，而且用正黄旗的大旄，用意也很明确。

熹宗还要信王善待魏忠贤和自己的皇后，可见熹宗至死不悟——坏朝政者魏忠贤也。信王自然是垂泪应允。

熹宗驾崩后，魏忠贤秘不发丧，他想篡位。在明朝，意图篡位的太监还有一位，即英宗天顺年间的曹吉祥。曹吉祥的侄子曹钦问自己的亲信冯益，有没有太监的后代做皇帝的。冯益的回答很妙，“君家魏武其人”。说的是曹操，相传曹操的父亲曹嵩是汉灵帝的“十常侍”之一曹节的干儿子，所以他也算是太监的后人。魏忠贤身边可共谋大事的只有一个崔呈秀，但崔呈秀认为现在时机还不成熟，人心尚在朱明。得不到手下第一流人物的支持，魏忠贤也只得作罢。

在外的群臣得到小道消息，便换成素服到宫门奔丧。守门的太监闭门不纳，伪称皇帝尚未驾崩，诸臣宜穿吉服觐见，这才能起到冲喜的作用。群臣又急匆匆地赶回家换衣服，等再次来到宫门，守门的太监说皇帝已死，要换素服，群臣又匆匆忙忙地赶回家换。如此往返，人心惶惶，准确的消息一条没有，小道消息满天飞。看着如丧家之犬的朝中官吏，与他们平时的道貌岸然状判若两人，京城的百姓也知道朝中出了不同寻常的大事。

直到熹宗张皇后的懿旨传出，要召信王入宫继位，这才真相大白，群臣不用为换衣忙了。在魏忠贤派出的太监涂文富的迎接下，信王以储君的身份来到大内。而内阁、六部九卿科道诸官则要进行一番例行公事，当夜就要准备，天明使用。这就是起草劝进表送信王，照例要在三推三让之后，信王才能“勉从所请”。

第十章 铲除阉佞

魏忠贤大厦将倾。明思宗意图除恶务尽，奈何朝中盘根错节，只能是糊涂了局。

魏忠贤把持朝政多年，宫中府中，有甘于为虎作伥的，亦有虚与委蛇的，形形色色，不一而足。历来处理此类事件，所难者正在于此。何况处理其事者，本身就有藕断丝连的嫌疑。

最能说明问题的是正德年间审问太监刘瑾：廷讯刘瑾是在午门，问官是六部尚书及一班勋臣。刘瑾昂然而入，扬声问道："满朝公卿，都出自我的门下。谁有资格问我？"此言一出，群臣尴尬，皇亲着惹。驸马都尉蔡震娶的是英宗的女儿淳安公主，是当今皇帝的姑丈。"我是国戚，难道也出在你的门下？"刘瑾闭口不言，嘴角带笑以示轻蔑。蔡震怒火中烧，令人上前狠狠打了刘瑾几个嘴巴。这才压住他的气焰。

魏忠贤未曾如此"公审"，否则，出现"闹场"也说不定。

一

信王入宫之前是与家人和亲信经过一番秘密商议的，因为进宫的凶险是史无前例的。在紫禁城内，一言九鼎的是魏忠贤和客氏，皇兄熹宗皇帝在时他们尚且一手遮天，何况现在熹宗皇帝已经“龙驭上宾”。此时的紫禁城无异于龙潭虎穴，信王也大有“虽万千人吾往矣”的悲壮气概。即将登基的大明王朝末代皇帝，怀里揣着王妃周氏亲自监灶所做的面饼——宫中的饮食是有凶险的，万一因此被毒害岂不是“出师未捷身先死”。

宫中的皇嫂张皇后遣人送来秘密消息，嘱咐信王千万不能进宫中的饮食。在新旧皇帝交替的空白时间段内，往往取皇后的懿旨行事，也就是说，此时此刻，皇后相当于代理天子。张皇后如此谨慎，可见当时的形势是非常凶险的。

信王既思虑于入宫之前，在入宫之后也显现出了随机应变的长才。明室对藩王防范甚严，如康熙诸子一般结交朝臣是不可想象的。信王能有此举措，正如时人所言为圣心默运的结果。有两个例子被广泛征引，以说明信王如何的足智多谋，在危机四伏的环境中处变不惊。

其一是信王独坐宫中，借口把玩解下一名太监腰中的佩剑，置于几案之上，来一招刘备借荆州，但许以明日有赏。些许小事不知信王兑现否。但如此作为倒显得有些小家子气，如果说自带面饼还能防止被毒杀，真要是宫中有非常之变，一把佩剑怎能敌帐后的校刀手。深宫、静夜、孤身，一把佩剑也许能让年仅十八岁的信王胆气更壮一些。

其二是犒赏巡夜的禁卫军，史载欢声雷动。这一招倒是非常有效，宫中陡变所争就是电光火石的一霎时，弑君毕竟是滔天大罪，一犹豫间便是为君者最大的机会。信王的赐酒食会增强军士念及皇恩浩荡、临阵倒戈的可能性。

幸而一夜无事，第二天信王在熹宗灵柩前即位。在明亡之后，弘光朝礼部尚书顾锡畴拟谥号并经皇帝批准为思宗烈皇帝，忻城伯赵之龙称不是美谥，礼部官员管绍宁请改谥为毅宗烈皇帝。清入关后，遵摄政王的令旨词臣李明睿谥帝为怀宗端皇帝。

谥号的好坏，一看谥法所给予的含义，再看前代所用帝王的命运。按照谥法，“怀”的意思是“慈仁短折”，一半切题一半是南辕北辙。思宗在位十七年，“慈”和“仁”是远远谈不上的；至于“短折”，作为皇帝死非其法、死非其地、死非其时，应该说是合适的，但李明睿属于明臣，将此谥法加在故主身上，为士人所不可谅解。晋怀帝三十岁时被寇贼所杀，宋端帝被元兵所迫，十岁时即崩。这明显属于恶谥。

二

新帝即位，首要的任务是发布遗诏、恩诏，当然确定年号也是非常重要的，只有这样才能够及时让臣民奉行“正朔”。

年号的选择，不外乎吉利、顺口，如果能够切题就更加好了。比如，清军入关后，第一个年号“顺治”就起得非常有水准，要“顺”方能“治”，一方面朝廷不会倒行逆施，另一方面要求臣民顺从朝廷的意旨，上下无隔阂，才能实现天下大治的局面。年号一个绝大的忌讳是不能够拟定前朝用过的，尤其是偏安局面的年号，伪号更是忌中之忌。

礼部拟定了四个年号让思宗选择，分别是“永昌”、“绍庆”、“咸宁”、“崇贞”。巧合的是，日后李自成建号大顺之后，年号亦称为永昌。绍庆，绍为继承，庆为福祚，思宗兄长熹宗是个童昏，父亲光宗一月而斩，祖父神宗怠政荒政，三代如此，思宗要“绍”谁之庆；宋哲宗亲政之后改年号为“绍圣”，要继承乃父用王安石变法的遗意，结果国是日非。“咸宁”倒是有些意义，就是要四海宁静，尽管有些空泛，倒是颇合时局。

思宗选中的是“崇贞”，但是给“贞”字加了一个示字旁儿，成为“崇祯”。“贞”为正，“祯”为吉祥，看来思宗的选择比礼部还要空泛。从四个年号来看，礼部尚书来宗道的学识确实有些不尽人意。当然礼部拟出，需要与阁臣商议，当时的阁臣为首辅黄立极，次辅施凤来、张瑞图、李国谱。可以说，年号的拟定主要出自这五人之手。黄立极、施凤来、张瑞图、来宗道在思宗定逆案后，均列名其中，唯一清白的是李国谱。黄立极因为是魏忠贤的同乡，被保荐入阁；施凤来、张瑞图既是同乡也同为万历三十五年的会试同年，一个是榜眼，一个是探花。张瑞图写得一笔好字，魏忠贤生祠的碑文大多出自其手。

这几人的心思都没在这上面，琢磨的是如何闪展腾挪，顺应时局。阉党如此，阉党之首的魏忠贤更是如坐针毡。

在思宗继位之前，心里打鼓的是信王；继位之后，惶惶不可终日的是魏忠贤。更令人尴尬的是，思宗继位之初，江西巡抚杨邦宪、巡按御史刘述祖还上奏章要为魏忠贤建生祠。魏忠贤硬着头皮恳请思宗不要批准，并要求毁掉已建生祠。思宗倒是很大度，指示以前建的就建了，以后不建就是。

三

最不长眼的是监生陆万龄，他异想天开地提出要魏忠贤配享孔子，称魏忠贤做《三朝要典》，如同孔子笔削《春秋》；魏忠贤残毒东林，如同孔子斩杀少正卯。看到这样的奏疏，思宗真是又好气又好笑。看来是所有的谄媚之词都用光了，陆万龄这是别出心裁。陆万龄此举，只是为日后钱嘉徵弹劾魏忠贤凑成十条罪名而已。

魏忠贤又恳请辞职，这当然是一种试探性的表示。思宗依然不准，这当然是要敷衍死去的皇兄熹宗的面子，在熹宗临断气时还要弟弟善待魏忠贤，更重要的则是思宗立足未稳，唯恐急则生变，当务之急是首先稳住魏忠贤。

然而，他对客氏就不需要这么多客套了。客氏出宫顺理成章，因为她是熹宗的保姆，熹宗已死，保姆还留在宫中成何体统。在离宫前，客氏到熹宗灵前痛哭了一场，将珍藏的熹宗胎发、指甲等物焚烧。客氏一去，等于斩掉了魏忠贤的一条臂膀。思宗要等待时机除掉魏忠贤。

如何渡过危机？阉党中人想的是丢车保帅的主意。这个丢出来的“车”就是崔呈秀。崔呈秀为兵部尚书兼左都御史，七卿中独占两个，这是很少见的。在当时是魏忠贤手下的第一人，为“五虎”之首。崔呈秀为人刻毒，“虽其党亦深畏之”。抛出这样一个重量级人物来，阉党认为足以塞责了。而且崔呈秀从天启五年复官御史，到天启七年已经为尚书，两年多的时间，从七品的御史升到正二品的尚书，还加太子太傅就是从一品，连升了十一级。怎能不令人眼红？在阉党内外，崔呈秀是第一个炙手可热的人物。

弹劾崔呈秀的有三个人，副都御史杨所修、御史杨维垣和贾继春。这三位都是阉党中人，但是弹劾崔呈秀不能不提到魏忠贤。这几个人说得都很巧妙，认为魏忠贤是受了崔呈秀的蒙蔽，崔呈秀辜负了魏忠贤的信任。他们的主攻点儿是崔呈秀夺情非制，而且以不祥之身监督三大殿工程，实在是有点儿不像话。崔呈秀恳请回乡守制，被思宗拒绝。

杨维垣弹劾崔呈秀完全是避重就轻，尤其是与魏忠贤有关的事情，以抑崔呈秀为名而行扬魏忠贤之实，认为魏忠贤孜孜竭力、任劳任怨，但是魏忠贤最大的坏处就是听信崔呈秀之言。简而言之，魏忠贤为崔呈秀所误。在第二疏中，更是令人齿冷，杨维垣将崔呈秀与魏忠贤对比，在此危局之下，将魏忠贤的马屁仍然拍得山响，“厂臣公而呈秀私，厂臣不爱钱而呈秀贪，厂臣尚知为国为民而呈秀唯知恃权纳贿。”

四

杨所修更是隔靴搔痒，请求皇上让崔呈秀回乡守制。本来，设计得挺好的一个局面，为贾继春所打破。他不仅攻击崔呈秀，还打击了其他人，致使阉党内部四分五裂。《明史·阉党·贾继春传》言“群小始自贰”。杨维垣与杨所修是甥舅之亲，二人可能是经过联络的。

这是弹劾的第一波，思宗认识的也很清楚，称这是内讧而已。尤其是被革职在家的阮大铖为“浑水摸鱼”，寄给自己的朋友杨维垣两份奏疏，请杨维垣根据朝局的情况酌定上哪一份。

第一份是七年合算，前一时期为东林勾结王安乱政，后一阶段则是魏忠贤乱政。两者此消彼长、相互倾轧，造成天启年间的朝政混乱。第二份则是专攻魏忠贤。阮大铖远在老家安徽，对于朝中政局不是很清楚，又想从中得利，故而有此投机的“妙算”。阮大铖是才子，其疏必有可观，杨维垣得到后大喜，他上的是第一份。因他唯恐天下不乱，借此可以减轻魏忠贤一派的罪责，而将祸水向东林泼去一些。

可想而知，熹宗既亡，思宗即位，东林后人亦以此作为雪冤的最佳时机，而且东林得祸之惨，朝野为之怀悲。阮大铖如此作为，妄图左右逢源，其实是两处不落好。

思宗在冷静地等待第二波，那就是工部和兵部的两位主事陆澄源、钱元悫。事后思宗称之为到此方“直罪忠贤”。陆澄源提出目前“士习渐降”，士大夫的习气一日不如一日，完全是魏忠贤的责任；钱元悫则将魏忠贤类比为八人，“王莽之妄引符命”、“梁冀之一门五侯”、“王衍之狡兔三窟”、“董卓之郿坞自固”、“赵高之指鹿为马”、“节甫之钩党株连”、“桓温之壁后置人”、“则天之罗钳结网”。尽管将历史上的权奸进行比附，但其结论却是很不相符，他恳请应该将魏忠贤“勒归私第”。

尽管罪重罚微，但毕竟是直接打向魏忠贤的。第三波终于来了，是贡生钱嘉征。目前，都是小臣甚至是在野的贡生弹劾魏忠贤，官高爵显的人却没有出头。因为魏忠贤秉政多年，朝中大佬或者出其门，最少也是与之有牵连，不敢轻易发言，免得引火烧身。

五

钱嘉征的奏疏写得很厉害，提到了魏忠贤有十大罪，第一是“并帝”，在所有的谕旨中，都是“朕与厂臣”；第二是“蔑后”，即指的是借刘志选之手试图摇动熹宗的中宫张皇后；第六条是“无圣”，这是最近的一条罪名，就是监生陆万龄恳请在太学之侧给魏忠贤立祠之事。

第九条的罪名“朘民脂膏”，罪名平平，但内容却是罕见的，那就是修建生祠——“郡县请祠不下百余，计祠费不下五万金”。这四条罪名在权阉辈出的明朝，确实也是很罕见的。他的前辈王振、刘瑾也不敢如此张狂。王、刘二位也“朘民脂膏”，但其目的并不是建生祠。

至于第五条罪名“克剥藩封”，简直就是给魏忠贤颂功了。难道忘了当年万历皇帝为了给福王藩田，闹得全国沸沸扬扬，户部堂官抓耳挠腮也难以凑足四万顷。魏忠贤能够做主减少藩王的封田，也是难能可贵的了。

钱嘉征列举的罪名很实在也很全面，思宗认为魏忠贤的罪过至此“乃详尽”。从即位的天启八月开始到现在的十月，整整两个月的时间，思宗终于等来了一份解气的奏疏。他派人将魏忠贤找来，令其跪在地上，听小太监尖着嗓子读。魏忠贤伏地痛哭，思宗面无表情。之前的奏疏，思宗只是看看而已，“不问”或者“报闻”，这次一反常态，怎能不让魏忠贤胆战心惊。

幸得他与思宗从信王府带来的太监徐应元关系不错，赶紧去找这位刚刚代替李永贞担任司礼监太监的新贵进行疏通。徐应元也是不明大体，思宗处置魏忠贤是早晚的事，他竟然能够大着胆子去恳求思宗。思宗勃然大怒，将徐应元赶出皇宫，安置到显陵。显陵是嘉靖皇帝父亲的陵园，在湖北安陆。一竿子给支这么远，思宗就没打算再让徐应元回来。第二年，思宗还将他发配到凤阳。连累了好兄弟的魏忠贤只得辞职，思宗照准。魏忠贤明白，自己已经走到了穷途末路。

思宗对太监徐应元的处置非常果断，看来是他要改变太监干政的局面。随后，他看到蓟辽督师王之臣“自云赘员，又云虚拘”的奏疏，马上令阁臣起草谕旨，撤回各边的镇守太监。这是思宗的一大德政，可惜的是未能贯彻始终。

接着，思宗下旨将魏忠贤安置到凤阳祖陵司香，称“本当寸磔，念梓宫在殡，姑置凤阳”。不仅如此，他还将魏忠贤连同客氏的“家产，籍没入官”。

明、清两代历来对抄家一事看得很重，有胆敢转移财产者严惩不贷，对窝主也是进行严厉处罚。张居正死后被万历抄家，一把大锁把家人锁在一间屋内，以至于有人饿死其中。这次，魏忠贤居然能够带出百余辆车的财产，即使思宗下旨可以带出部分财产，但也不至于盈千累万。负责抄家的是太监张邦诏，竟然能够让魏忠贤如此，的确是有点儿活得不耐烦了。

六

魏忠贤同样不懂得在此时应该低调，百余辆车的财产由八百名壮士护卫，随带马匹居然也达到八百匹，组成浩浩荡荡的队伍。这当然不能与魏忠贤在极盛时期回涿州老家进香般风光，当时黄土垫道如同皇帝出巡，“铁骑之簇拥如云、蟒玉之追随耀日”，眼下尽管今不如昔，但也不像是被贬斥的太监。

思宗闻报，自然是怒上加怒，本来将魏忠贤打发到凤阳，也只是权宜之计，现在看来魏忠贤是毫无悔改之心，便下旨拿魏忠贤。给他的罪名是“不思自惩，将素蓄亡命之徒身带凶刃，不胜其数；环拥随护，势若叛然”。最重要的一句竟然是莫须有的“势若叛然”。

此时的魏忠贤已经走到阜城，其党徒李永贞派出捷足将这一消息告诉了魏忠贤。看来李永贞对魏忠贤还是很有香火之情的，尽管自己已经是泥菩萨过江自身难保，还胆敢向魏忠贤通风报信。魏忠贤随带的八百壮士一夕哄散，自然是将百余车财物抢了个干干净净。因为在思宗的谕旨中，不仅要锦衣卫拿魏忠贤，还要将“跟随群奸实时擒奏”，不跑何待？

魏忠贤得到消息，竟夜恓惶，在屋内坐卧不宁，真个是一夜无眠。偏偏隔壁有个京师来的白秀才，唱起了《桂枝儿》，将魏忠贤的今昔之别形容得淋漓尽致：

这首小调从一更直唱到五更，一更是“想当初，开夜宴，何等奢豪”，“如今寂寥荒店里，只好醉村醪”；二更“想当初，睡牙床，锦绣衾裯”，“如今芦为帷，土为坑，寒风入牖”；三更“想当初，势倾朝，谁人不敬”，“如今势去时衰也，零落如飘草”；四更“当日里，蟒玉朝天”；到如今“凄凄孤馆”。到五更，终于想明白了“似这般荒凉也，真个不如死”。这首小曲唱出了魏忠贤穷途末路的心境，他真的在五更天找了根麻绳自寻了断了。

思宗得到地方官和锦衣卫的禀报，并没有严查走漏风声的是哪个，只是令将魏忠贤碎尸万段。这要是搁在清朝雍正、乾隆年间，非要一查到底不可。因为犯人自杀，是在逃避国法，这是难以容忍的。思宗有大事要办，对此只是含糊了事。

首当其冲的是崔呈秀，他也是事先得到了消息，在被逮之前与爱妾萧灵犀喝一杯酒扔一件宝贝，糟蹋光了也喝了个酩酊大醉，然后迷迷糊糊地与爱妾携手赴了阴曹。客氏被一阵乱棍打死。当然，魏忠贤的党羽并不只是这两个人。

七

思宗甫一即位，便显示出了高强的手段，以至于后世的史家和他自己都很满意，当时无一人之助，完全是圣心默运，于不动声色之间除此巨奸大恶。思宗刚刚接手的是一个烂摊子，宫内完全被魏忠贤把持，朝臣多是其党羽。最为重要的四个辅臣完全是魏忠贤的班底，包括黄立极、施凤来、张瑞图、李国谱。

四人之中，黄立极、施凤来、张瑞图日后列名阉党，唯一例外的是李国谱。黄立极入阁很简单，就因为和魏忠贤是乡党而已。魏忠贤识人一是看中乡党，二是同姓。魏广微列名阉党，也是因同姓而被魏忠贤勾连。施凤来和张瑞图是万历三十五年的同年，施凤来是榜眼，张瑞图是探花。张瑞图写得一手好字，魏忠贤的生祠碑文，大多出自其手，估计得了不少的润笔之资。施凤来是软骨头，“以和柔媚于世”，当然更媚于魏忠贤。

为建自己的班底，思宗下旨廷推辅臣。当时除黄立极于当年十一月份辞职外，尚有施凤来、张瑞图、李国谱三位。思宗也很清楚，单靠自己是难以清除整个阉党的，需要在朝臣中寻找支持自己的力量。更为明显的是，当时尽管魏忠贤已经自尽，但其流毒仍在。现在推举的辅臣候选人中，带有灰色的肯定大有人在。但在潜邸之时，作为信王一是尊于祖制二是韬晦于魏忠贤，他不可能结交臣下的，只是一个深居简出的王爷，对于朝臣的贤愚忠奸，他是两眼一抹黑。对朝臣推荐的名单，他只能是接受，如何挑选，却难以拿出标准，于是实行枚卜大典。

将候选人名单放入金瓶之内，思宗用金筷子夹出谁算谁，最后胜出的是来宗道、杨景辰、周道登、钱龙锡、李标、刘鸿训六人，其中来宗道、杨景辰任职仅半年。

来宗道素有“清客宰相”之称，曾在为崔呈秀之父请恤的奏折中，称“在天之灵”，在奏对体中，“天”只有两个意思，一是其本意，二则是指皇帝。来宗道如此写，显然是拍马屁拍得有些昏头，以此四字被列名阉党。“清客宰相”四字点出他一生的事业，“在天之灵”则结束了他的政治生命。杨景辰真是与来宗道共始终，同日入阁同日罢相。尽管同为阉党，杨景辰的结果要好得多，来宗道是“赎徒为民”，不仅要出一部分钱赎罪，而且成为一介民人；杨景辰

“落职闲住”，还是缙绅的身份。

紧接着四个月后是刘鸿训，周道登也在崇祯二年正月去职。刘鸿训口无遮拦，曾称“主上毕竟是冲主”。言外之意是指思宗年少不更事，尚需磨练。这在自视甚高的思宗看来，是极大的污蔑。思宗由此对刘鸿训深恨在心，必欲找借口将其置于死地。借口是找到了，但因诸大臣力救，他才免死遣戍。周道登也吃了嘴上的亏，但他不是口无遮拦，而是口不能言。《明史·周道登传》称他，“无学术，奏对鄙浅，传以为笑”。如此宰相，怎能居“庙堂之高”，终于被弹劾罢职。

八

原来的三辅臣施凤来、张瑞图、李国谱在来宗道、杨景辰之先就已经离开朝廷。韩爌是元年四月被特召进京的。由此看来，尽管在短时期内内阁中来来去去有十一人，但是辅助思宗铲除阉党的只是韩爌、钱龙锡、李标三人。这三位大臣成为思宗最为重要的助手。

韩爌是万历二十年的进士，现在距离释褐之期已经三十五年，是名副其实的翰苑老前辈，而且在天启朝继叶向高担任首辅，完全具备“朝廷重臣”的资格。他也是魏忠贤专权的受害者。按照内阁的惯例，秉笔票拟的唯有首辅一人。魏广微入阁之后，为分其权柄，通过魏忠贤下旨，要求所有的辅臣都有票拟之权。韩爌苦争不得，终于挂冠而去。可以说，韩爌为维护祖制、争“相权”而去位，一直为士大夫所敬重。李标和赵南星是高邑同乡而且师事之，待东林与阉党成水火之势，李标为避祸早早辞职。钱龙锡和李标是万历三十五年的会试同年，因为李标性格较为软弱，钱龙锡成为韩爌的左膀右臂。而且相比较而言，韩爌最少长于钱龙锡十三岁，钱龙锡以不足五十之年成为破除阉党的中坚。

思宗开始布局。此时，阉党的名号就此叫开，范围如何尚在其次，最要紧的是如何处理《三朝要典》。这是煌煌国史，如果不就此问题进行更正，处置魏忠贤及其阉党就会显得有所牵强。这其中有个障碍，《三朝要典》是钦定的，对于先帝之治要求的是“三年无改”。其实这只是一个说法，熹宗临死之际不是要求乃弟善待忠贤吗？思宗也确实给了乃兄面子，一开始并没有将魏忠贤置于死地。何况历代的继位皇帝都会对先帝的做法有所更张，关键是要找一个合适的理由，堵住别有用心之人的口舌。

不出所料，在反对焚毁《三朝要典》的朝臣中，大多是以先帝钦定为说辞。最为出格的是翰林院侍讲孙之獬，他竟然痛哭着跑入朝房，当众边泣边诉，嘴里嘟嘟囔囔地不知道说的是什么。本来乱哄哄的朝房被他这样一闹，顿时静了下来，有人劝他止住哭泣，慢慢道来。谁知这一说，竟然是要阻止焚毁《三朝要典》。当然有与孙之獬同样诉求的人，但像此公模样，确实令人感觉诧异。当即就有人上疏弹劾孙之獬，说他败坏朝廷的体制。孙之獬闹了个没趣，只得辞职回家。

最后还是孙之獬的同事翰林院编修倪元璐，为焚毁《三朝要典》给出了合适的理由，“三案者，天下之共义；要典者，魏氏之私书。以臣所见，惟毁之而已。”思宗自然是欣然同意，自己也提出了一条理由，既然已经有了《实录》，自不必复增《要典》，遂下旨焚毁《三朝要典》。

九

与此同时，处置阉党的行动也在有条不紊地展开。魏忠贤、客氏之下，自然是“五虎”、“五彪”。外廷文臣则崔呈秀、田吉、吴淳夫、李夔龙、倪文焕主谋议，号“五虎”；武臣则田尔耕、许显纯、孙云鹤、杨寰、崔应元主杀戮，号“五彪”。魏忠贤把持朝政多年，自然不能仅有这几个党羽，思宗要求定“逆案”，就是要把所有的阉党都给挖出来。

思宗要求辅臣和吏部尚书王永光一起做这项工作，这是非常得罪人的事。王永光说自己不懂得刑名，思宗又把刑部尚书乔允升、左都御史曹于汴拉了进来。一开始，这个“专案组”列出来的名单仅有四五十人，思宗大为不满。几经反复，还是入不了思宗的法眼。

最后在思宗的力逼之下，崇祯二年三月韩爌等人再上逆案，将所有阉党之人列为七等二百九十二人：魏忠贤和客氏当然是第一等，为首逆当凌迟处死，当然两人已死一年有余了。同谋者六人，自然是魏忠贤和客氏最亲近的人，亲人则是魏忠贤的侄子和客氏的儿子，另外则是崔呈秀和三个太监李永贞、李朝钦和刘若愚。李朝钦已陪着魏忠贤在阜城上吊。十五年后，思宗煤山自缢，陪他的也是一位太监。除了已死的，这几位皆开刀问斩。

以下的交接近侍，又分为四等，第一等秋后处决，十九人中首当其冲的是助魏忠贤动摇东宫的刘志选和梁梦环。刘志选真是老而不死是为贼也，到了七十八岁的高龄还不死，只能自己找根绳子上吊。家人为求富贵将他的老命给搭上了，可惜富贵不长。本指望死在魏忠贤身后，哪知不仅魏忠贤连带着魏忠贤的靠山——熹宗都死在了自己的前面。最倒霉的是陆万龄，他妄图在太学立生祠的标新立异想法让他未得其利反受其害，何况他上疏于大厦之将倾、冰山之即倒的最后一刻。

次等充军的十一人，魏广微、阎鸣泰、霍维华和制造第一波弹劾案的杨维垣，以及被指为第一个修生祠的潘汝桢皆在此列。又次等赎徒为民的人最多，达到一百二十九人；减等革职闲住的四十四人。最后一等是魏忠贤的亲属和太监。

思宗的内政还是整理得不错的，除掉阉党是最大的内政。对于对付辽东的金国，朝野之中，再度起用袁崇焕的呼声是越来越高。尽管袁崇焕也被定为阉党，兵部侍郎吕纯如推荐袁崇焕的奏疏写得很是平实，为什么要用袁崇焕，只有十个字“不爱钱、不怕死、曾经打过”。

第十一章　大明督师

袁崇焕此次出任督师，明思宗亲自平台召对，所求无不立允。袁崇焕极为感奋，提出“五年平辽”的方略。

未到宁远，收到兵变的消息。袁崇焕怒马赶到，消除后患。但哗变是因为缺饷，袁崇焕不得不请饷。朝中集议，思宗得识周延儒。

实际上，周延儒并没有提出解决办法，只是说定有内情，而且古代尚有“罗雀掘鼠”之事。思宗深以为然，自此为君臣遇合之始。

接着，周延儒又在廷推之时，联合温体仁攻掉钱谦益。思宗便认为群臣结党，而周延儒、温体仁为孤忠。由此，温体仁也一并进入思宗的夹带之中。崇祯一朝五十相，最为信任者寥寥数人，其中便有周、温。

袁崇焕到得宁远，首要解决的问题便是毛文龙。毛文龙远隔大海，“天高皇帝远”，袁崇焕作为督师，也难奈其何。为了实现“五年平辽”的方略，袁崇焕必须做到如臂使指，指挥如意。毛文龙是生是死，全在其一念之间。

一

一开始，思宗给予袁崇焕的是兵部添注侍郎的职位，属于闲差，并没有赋予他平定辽东的重任。远在广西老家的袁崇焕对此不是很满意，他尽管满腔热血，但也不愿意师出无名，没有用武之地的位置他是不想去的，熊廷弼便是前车之鉴。

到崇祯元年四月，朝廷再次下旨，任命其为蓟辽督师。袁崇焕欣然就道，于七月到达京师。

一到京师，思宗即刻平台召对，咨询平辽方略。袁崇焕的回答很简略，仍是以前的韬略“守为正着、和为旁着、战为奇着”，并很肯定地告诉思宗，五年可以平辽。思宗大为兴奋，对袁崇焕提出的辅臣、兵部、户部、吏部不能掣肘，连连答应。这一段在史书上的描写，如同评书一样，袁崇焕每说一处，思宗当即点名，该员出列，得到满意的答复后，再解决袁崇焕提出的下一个问题。一派君臣相得的场面，参与会面的朝臣很是振奋。

唯独兵科给事中许誉卿对袁崇焕的五年平辽表示怀疑，趁思宗如厕的机会向袁崇焕提出疑问。据说，袁崇焕回答得很草率，说这仅仅是“聊慰圣心”而已。许誉卿大惊失色，告诉袁崇焕“今上”是英察之主，岂可“漫对”。袁崇焕这才恍然大悟，等思宗回来后，方提出种种难题，没想到思宗满口答应，表示可以一一做到。袁崇焕的“杀身之祸”即伏机于此。

袁崇焕考虑到熊廷弼、孙承宗都是为人所构陷，而且自己在天启七年的罢职也已有所体会，“一出国门，便成万里”，“军中可惊可疑者殊多”，恳请皇帝单“论成败之大局”，不要“摘一言一行之微瑕”，思宗则“优诏答之”。

袁崇焕尚未出关，便有急足来报，宁远哗变。此时距袁崇焕离任刚满一年，关外的情形已是大为改变。袁崇焕原来的布置是以“辽人守辽土”，现在宁远有大量四川、湖广的兵卒。这些人已经被欠饷四个月，遂起来抓住辽东巡抚毕自肃和总兵官朱梅拷打。

其时，辽东缺饷还是最少的，延绥等地已经缺饷三十六个月，也就是从天启五年八月起，九边中的西部皆是“饥军”。

兵备副使郭广还是自由身，他的职责是给乱兵发饷，他从官库中搜罗到两万两，又从商民中借银凑足五万两，这才暂时算罢。毕自肃上疏引罪，走到中左所，越想越是窝囊，因为自己屡次上疏恳请关饷，户部、兵部以种种借口拖延，实在是“罪不在己”，自己贵为封疆大吏，被一伙兵痞打成重伤，越想越气遂自寻了断。朱梅也待不下去了，辅助袁崇焕平乱之后便解任离开“伤心之地”。

二

袁崇焕在山海关与郭广取得联系后，心中有了主意。到了宁远，他快刀斩乱麻，诛杀首恶一十五人，总算是销大祸于无形。但饷总是要发的，思宗接到袁崇焕请饷的奏疏后请诸臣商议。国库已经如洗，诸臣恳请发内帑。

袁崇焕的这一份奏疏成就了周延儒。他以礼部右侍郎的身份与会，揣测思宗和他的祖、父一样吝啬，便说道“关门昔防敌，今防兵”，如果一闹哗变就发饷，如果各边依样画葫芦，成何体统？要知道其余各边的缺饷更为严重。周延儒的一番斥责，令思宗很满意，以为他有不发饷便可弭乱的妙招，追问“卿为何如”？

周延儒也没主意，只是说道事情紧急，不得不发，但是要讲求“经久之策”。这说了相当于没说，而且和群臣的意思没有二致，但是说法不同，思宗听了很是受用，“帝颔之，降旨责群臣”。

过了几天，思宗单独召见周延儒。周延儒说这其中必有隐情，有可能是骄兵悍卒在要挟袁崇焕。何况，古代便有“罗雀掘鼠”的典故，大明的军兵一定也能做到，但肯定是有人在作怪。所谓“罗雀掘鼠”说的是唐朝的张巡。张巡在睢阳被安禄山重重围困，苦守日久，军中无食，只得张网捕雀、掘穴捉鼠来充饥。即便如此，张巡等人亦死守不屈。

“罗雀掘鼠”是不得已的苦办法，受到包围只得苦撑，但怎能期望兵士们在平时也有这种精神。皇上不差饿兵，欠饷不发，还说有内情。但是思宗也是这样想的，听到两人想法一致，“大悦”。两人真是一番“君臣遇合”，思宗“由此属意延儒”。周延儒也就成为思宗考察群臣过程中第一个默识于圣心的。

崇祯元年十二月，思宗根据现有三位辅臣韩爌、钱龙锡、李标的建议，下旨再次会推阁臣。此时内忧外患，三位辅臣显得有些少了。但一次普通的会推，竟然惹出很多事来，以至于影响了日后政局的发展。处于风暴中心的是钱谦益。

钱谦益是万历三十八年的探花，本来具有美好的前程。但在魏忠贤篡政之后，钱谦益名列东林，于天启五年被放归田间。崇祯改元，钱谦益复起，很快升职为礼部侍郎。蛰伏三年，思宗在当时很有一副励精图治的样子，看来钱谦益要大显身手了。而且，在崇祯元年会推阁臣，钱谦益名在其中。阁臣相当于政府宰相，当时称为“大拜”。钱谦益踌躇满志。

三

但是温体仁和周延儒使他不能如愿。温体仁为礼部尚书，周延儒与钱谦益同为侍郎。官职皆为礼部堂官，就科名而言，温体仁早于钱谦益十二年，在科甲之中就属于钱谦益的老前辈；周延儒比钱谦益晚一科也就是三年，但周延儒既是会元又是状元。更为重要的是，因为宁远、锦州兵变，周延儒奏对称旨，深为思宗所信任。名单中有钱而无温、周，两人视为奇耻大辱，一定要扳倒钱谦益。而且一个很重要的背景是，思宗看到十一人的大名单后，对没有周延儒也产生了疑问。

两人中，温体仁机心刺骨，这场变动由其来发动。温体仁以七年前的旧案为由头，紧扣一个“党”字，终于说服思宗推翻成案。此一旧案是天启元年，钱谦益以编修主试浙江，有奸猾之人出卖假关节，不少热衷功名的秀才坠其术中，钱千秋即是其中之一。

科考分为三个等级，第一级每年一次，在县中举行，考中者即为生员，俗称秀才。第二级称乡试，每三年一次，在各省省城举行，南北两直隶则分别在京师和南京。考中者即为举人，因在秋季举行，故称为秋闱。第三级为会试，也是三年一次，多在乡试后次年举行，因在春天故称春闱，考中者即为进士资格。

如在乡试中举后，在此一年的会试中进士，则称为“联捷”。会试之后，复有殿试也称廷试，名义上皇帝为主考官，故进士又称“天子门生”。殿试主要是确定最后的名次，第一名为状元，第二名为榜眼，第三名为探花。如乡试第一为解元，会试第一名为会元，加上状元，为“三元”，

“连中三元”是读书人的梦想。周延儒是连中两元，亦是非常难得，而且他是少年得志，仅仅二十岁而已。

乡试素重北闱和南闱。北闱为京师所在，首善之区；南闱指江南，素为文章荟萃之乡。浙江、江西等地文风较盛，亦为朝野所瞩目。钱谦益为探花，且素有文名，故荣膺浙江主考的差使。

作为乡试主考，名利双收。翰林红黑之判，即在于有无放考差。清末的徐世昌一次考差都没有放过，被称为“黑翰林”。

考官不仅可以收到大批门生，在看重师生之谊的年代，会得到政治上的巨大援助；而且新科举人会在发榜后，以古礼“束脩”拜会老师，当然这已经不是孔夫子时期的几块干肉，而是银子。即使再贫困的举人，也不会空手拜会的。如果碰上几位阔门生，那就会有意想不到的厚礼。官场有几句俗语大意是，日子不如意了，裁掉跟班的，裁掉轿夫，裁得不能再裁了，才裁掉师门的二两银。

四

朝中计算路程远近，于乡试前到任最佳，故而次第派出主考官。路途最远的云贵，是第一拨。考官一上路，关防极严；一到行辕，即刻封门。但自有科举以来，其各种作弊手段就如影随形，大体上有三种，一种是在场内找枪手，两人同时进场，枪手须有可中而不中的心理准备；第二种是在场外找枪手，收到试题后隔墙扔出，枪手答完后原途扔回；第三种就是出卖关节，考官与入场的士子约好，在某段嵌入某几个字，这几个字就是“关节”。

钱千秋得到的关节是“一朝平步上青云”。这是非常难的，通常的关节一般是两个字，因为八股文字数本来就不多，嵌入某处七个字比较麻烦，的确是难为了钱千秋。即便是这样，钱千秋偏偏是中了。但这并非钱谦益出卖关节，而是有人在诈卖。而且就算是钱谦益出卖关节，还需要房考的配合。

卷子收上来之后，先由抄手用朱笔誊写，称为朱卷，秀才的原卷存档，称为墨卷。在考试结束后，朱卷、墨卷都要收缴到京师，存放在礼部备查。主考并不是在考卷中海选，他看的是房考官送来的“荐卷”。房考官有推荐卷子的权力，而主考官有取与不取的权力。他们看的都是朱卷，房考官用蓝笔，主考官用墨笔。如果钱谦益出卖关节，首先就要委托一位房考官荐卷；但是一场之内，有若干房考官，这些卷子在谁的手中，就很难预料，就得一房一房找。

荐钱千秋的卷子是郑履祥。郑履祥的官职不详，但肯定是浙江省科甲出身的县官，因为规矩如此。

五

此案当年即被给事中顾其仁举发，亏得钱谦益见机很快，也上疏自责，称是奸人金保元、徐时敏假作的关节，招摇撞骗，自己是“失察”。既然是“失察”，罪过就会小得多，这件案件交由刑部审理。当时的首辅是叶向高，礼部尚书是孙慎行，刑部尚书黄克赞，都是东林大佬，况且熹宗新即位，正是大赦天下的时候，不仅如此，红丸案、移宫案的孰是孰非正在如火如荼地争论，这一小小的科场案自然是大事化小。

结果是钱谦益罚俸，这是很微小的惩罚，徐时敏、金保元、钱千秋三人遣戍。温体仁利用思宗求人“太苛”的个性，戳向钱谦益这个已经结案的旧伤疤。的确，思宗很快就显示出其刻薄寡恩的个性，在二年入都任顺天府尹的刘宗周就指出今上“求人太备”、“责之太苛”。温体仁的体味要早于刘宗周，但他并没有向皇上进谏，只是很巧妙地利用了这一点。

思宗很重视辅臣的任用，再加上自己所欣赏的周延儒没在其中，自然是满腹疑团。他要查出个究竟，不仅招来温体仁、钱谦益当着辅臣九卿科道的面当殿对质，还从礼部调来当年的墨卷、刑部的卷宗阅看。

钱谦益文思泉涌，但在温体仁的当头一棒面前，显得理屈词穷。吏科给事中章允儒开门见山地提出，温体仁是因为自己没被推，因忌妒而攻击钱谦益。这是温体仁的心病，举朝皆知。温体仁回答得很巧妙，说此前钱谦益为闲曹，可言可不言；如今因“朝廷慎用人”，不得不言。更进一步推论出，举朝不言，皆钱谦益一党。前朝的党争，思宗深揪于心，历朝历代的皇帝最怕的就是群臣结党，党同伐异，治国事于不顾。

群臣之中，除了周延儒助温体仁，其他人或默不作声，或助钱谦益。看着温体仁“舌战群儒”，越来越清楚，群臣皆党，孤立者唯体仁、延儒耳。钱谦益败局已定，思宗长叹，“微体仁，朕几误”。此举关系甚大，钱谦益用与不用尚在其次，从此思宗认定群臣有党。以后的发展，也几乎坐实了思宗的想法。连续有科道弹劾温体仁，体仁言到这是自己揭发钱谦益的后果，思宗深然之。

从此，思宗的阁臣备选名单之中，除了周延儒之外，又多了一个温体仁。相比温体仁，周延儒倒是有些书生气，方寸之间尚有良心未泯，而温体仁则是地道的小人。

对于会推，周延儒也是不满，但不会像温体仁这样“无所不用其极”。但两人既一起攻掉钱谦益，周延儒则是心甘情愿地与温体仁上了同一条船。令周延儒没想到的是船到江心，同舟人会将自己一篙打落水中，并一起列名《明史·奸臣传》。

思宗做得也是够绝的，这次会推作罢。

六

稳定军心之后，袁崇焕进行了一番布置，祖大寿驻锦州、赵率教驻山海关，自己坐镇宁远，中军副将为何可纲。袁崇焕极称三人之才，认为自己提出五年平辽的方略，主要靠的就是这三个人，如果“届期不效，臣手戮三人”，自己则亲赴法司领死。因毕自肃已死，登莱巡抚孙国桢被免职，袁崇焕恳请不要再设这两个巡抚，使事权归于一。

在袁崇焕到职四个月后，也就是崇祯二年的正月，接到了皇太极再次议和的书信，袁崇焕便趁势使出自己“三着之一”的“和为旁着”。

为了显示议和的连续性，皇太极解释了上次议和失败的原因是朝鲜之役，但是“我征朝鲜，与尔何干”，而且朝鲜在此前“侵我三次，我仅报一次，有何不可”？其解释仍然是袭以前的故套，但着重点仍是“我愿罢兵，共享太平”。袁崇焕因为所用印章的问题，仍遣来使将书信带回。

一个半月后，皇太极再次派人下书，隐约地提到当年宁远之败，这是上天给予的启示。因为攻辽沈、广宁等“坚固之城”一战而下，偏偏是“小城寡兵”，难耐其何，老天爷在希望双方“罢兵修好，共享太平”。第一封信讲的是自己想罢兵，这第二封书信则称罢兵是老天的意志。

闰四月初二，皇太极的使者生员郑信、把总任大良和袁崇焕的使者杜明仲带回书来。袁崇焕提出了两层意思，第一，议和是大事，不是“一言能定者也”，如果不是非常“翔实”，难以向皇帝请旨；第二，不要向朝臣下书，在努尔哈赤时曾通过各种渠道向朝臣甚至皇帝提出议和的书信，袁崇焕提出“边务之事，当由边臣等议，不涉及朝臣”。

皇太极的回书很干脆，提出了双方的界线，大凌河为明界，三岔河为金界，之间则留为空地，避免“接壤以居”以致“滋生事端”。再则就是请明朝赐给他金国汗印，这是明显要接受明朝的册封，但是地位要在察哈尔之上，而且皇太极认为最大的担心就是明朝“待我如察哈尔汗”。

七

但迟至六月二十日，也就是两个多月后，皇太极仍然没有见到袁崇焕的回书，自己的使者也没有回还，便再次致书，遣人送给明朝的哨卒转呈袁崇焕。主要是询问因何这么长的时间没有音讯，并提出自己的怀疑，并计算路程，如果上次派遣的使者在七月初五前没有回信，“量必被执也”。

七天之后，皇太极因听到明朝过来的逃跑之人和被抓的奸细卞子兴的供词，说道“议和是假”。这更加重了皇太极的怀疑，认为这么长时间既不见来书，也不见自己的人回信，更坐实了这种判断，指责袁崇焕“尔等本无诚意乎”？如果“厌太平而愿兵戈，以弃忠信而尚奸伪，则孰是孰非，惟天鉴之”。

袁崇焕对于边界之说，没有直接进行批驳，只是说辽东地方有先世庐墓在，皇太极划界有些一厢情愿。至于高于察哈尔汗，如果皇太极“以名誉为念”、“以道义为规矩”，朝廷自可“以礼相待”。金国汗印“皆非一言可尽者也”。当然双方议和绝非一朝一夕之事，双方的书信往来也不可能件件切题。

袁崇焕这封信中，最重要的是说明了自己的行踪，“使臣来时我出海，是以久留，别无他事”。

袁崇焕出海是为了诛杀毛文龙。在京师期间，袁崇焕听到了朝臣对毛文龙的议论，主要集中在两点，一是跋扈，不听节制；二是靡饷，毛文龙自报兵额为二十余万，经两次查核，最新的数字是二万八千，相差十倍之多。

思宗即位刚刚一月，就接到皮岛毛文龙的奏疏，自称七年苦战有不平者五事：第一件就是与内地相比苦乐不均，自己招抚辽民，无兵而有兵，但是却“食不果腹，衣不遮体，空拳赤足冒死生于锋镝之下”；第二件是与宁远相比，粮饷匮乏；第三件是对一些将领的不予处罚表示不满；第四件是有人对自己的孤忠表示怀疑而心怀愤懑；第五件则是对今年开春金军进攻朝鲜时，朝臣怀疑自己不战而退更是愤怒到了极点。有此不平者五事，毛文龙恳请朝廷派人来代替自己。

当然这是毛文龙“以退为进”，不可能想辞职归乡。在袁崇焕与之见面之后，他曾暗讽毛文龙退职，毛文龙则大言地说，久有此心，但唯我知辽事。思宗对毛文龙的“不平者五事”并没有作出具体评价，只是不准毛文龙辞职并要求他“还宜益奋义勇，多方牵制以纾朕怀”。思宗刚刚即位，千头万绪，不可能在仓促之间决定东江事务。

八

而朝臣之间的议论，对毛文龙的种种不满，在崇祯二年袁崇焕被逮之后，统统没有了，毛文龙成了大英雄。有的说毛文龙不死，则金人不敢内犯；甚至说毛文龙之存亡，实成败之数所关。谈迁在其《国榷》中，称袁崇焕以十二罪杀毛文龙，犹如当年秦桧十二道金牌调岳飞。

袁崇焕在京师时间很短，却留下了两个话柄，一个是“五年平辽”，再一个就是向钱龙锡直吐处置毛文龙的决心，“入其军，斩其帅，如古人作手”。钱龙锡既没有反驳也没有明确支持，只是默然而已。袁崇焕便认为是钱龙锡默许，在杀毛文龙之后，他将这一段写入奏疏之中，成为辅臣支持自己的证据。

袁崇焕在布置关外营制的同时，请思宗批准在毛文龙军中设置文臣监视，运往东江的粮草需从宁远转运。毛文龙大为不满，袁崇焕将监视文臣改为司饷的道台，毛文龙这才勉强答应。之后，司饷道台王廷臣派人给袁崇焕送报告，毛文龙担心不利于己，派人尾随而至。为了麻痹毛文龙，袁崇焕借口文臣在罗织武将，“既乏饷，何不详求”？随即拨给毛文龙粮米十船，即时起运。

按袁崇焕的说法，到此时布置已定，“毛文龙有死无生”；但如果现在“一听臣之节制”，则尚有一线生机，“有生无死”。但毛文龙懵懂不觉，在此期间，曾来拜访袁崇焕。但是袁崇焕并未在镇，等接到禀报回宁远与毛文龙相见，见其“不过修谒见故事，一二语而别”。袁崇焕事后向思宗解释，之所以不在宁远杀毛文龙，是因为担心毛文龙的部下不理解，有人作乱。

崇祯二年五月十二日，袁崇焕出海；二十五日抵达双岛，召毛文龙相见。之所以选在双岛，也同样经过袁崇焕的深思熟虑。双岛在旅顺附近，从宁远经渤海到此与从皮岛经黄海到此，海程大致相等。此时，毛文龙对袁崇焕已心存疑忌，如邀他到宁远相会，毛文龙必定不肯来；如袁崇焕到皮岛，又是只身犯险。双岛为适中之地，毛文龙必定会放松戒备。

在出海之前，袁崇焕向思宗汇报了行程和目的。其目的有三：一是“观复辽之形势”；二是视察粮饷运输“海路之难易”；三是与毛文龙坦诚相见，“以成东西合进之局”。袁崇焕恳请思宗给予十万两银子，散给东江将士。

至双岛之前，袁崇焕一路随地探访，发现毛文龙之恶，“高积于山”，原来所希望的“所闻不如所见”，成了“向所传闻，不及十一也。”

相见之后，毛文龙很有情绪，只说熹宗皇帝“恩遇之隆。”确实在天启年间，毛文龙极为得宠，甚至熹宗称其为毛帅而不名，其军饷兵额无人查核，自然是非常潇洒。两人谈起方略，毛文龙一则说平定辽东，关宁兵马都是无用，只要东江派出两三千人，一把火就可了断“东夷”；二是灭东夷之后，“朝鲜文弱，可袭而有也”。

九

一开始毛文龙同意了袁崇焕的编营伍的方法，可以设道臣监军，完善岛军的编制，既然是一镇，按照明军的编制方法，当有协营等设置，协有副将，营有游击。如此看来，在毛文龙镇守东江之后，其统领的军队尚无正式编制，如同山大王的寨军一般，完全不是正规军的模样。有了这些规矩，自然受到束缚，等毛文龙回过味儿来，便自悔失言，对自己的亲信说此事乃是暂且敷衍督师。

这些私房话也传到了袁崇焕耳中，至此，袁崇焕杀意已决，认为毛文龙的“狼子野心，终不可制”。袁崇焕事后也向思宗解释为什么不将毛文龙擒到朝廷，其担心和在宁远不杀毛文龙是一样的。此时此地，只能使之以“迅雷不及掩耳之法，诛之顷刻”。书生典兵，一定熟读《孙子兵法》，对于孙子杀吴王爱姬两人，而使得宫中美女皆奉法恐后的故事，一定印象深刻。

六月初五，袁崇焕将解运而来的十万两银子送给岛军。毛文龙来表示谢意，袁崇焕即当众数其十二大罪，罪罪当斩。袁崇焕气势雄绝，侃侃道来，毛文龙惊愕不能言，没想到袁崇焕翻脸这么快，完全打了个措手不及。在袁崇焕的咄咄气势之下，毛文龙叩头认罪；其部下也是诺诺不能言，有胆大的请督师念毛文龙数年辛苦，说的气短，驳的气盛，在袁崇焕的厉声斥责下，再无一人敢言。

袁崇焕向西叩头请旨，称自己杀毛文龙为的是严肃军纪，并说如果镇将中还有类似毛文龙的，仍旧杀无赦；如果自己不能五年平辽，“求皇上亦以诛文龙者诛臣”。说毕，即命旗牌官张国柄用尚方宝剑立杀毛文龙。

说起剑印，袁崇焕也是用了心机的。在出发之前他给思宗的奏疏中，提到未曾带；到双岛之后，则告诉思宗自己随身携带，意图是“令东江将吏重睹威仪”。这显然是防备朝中毛文龙的奥援向毛文龙报信，如果提到随身带了印剑，将会意识到袁崇焕到皮岛必有大的举措，有打草惊蛇之虞。

其实按照体制，袁崇焕并无权杀毛文龙。因为毛文龙官拜总兵官，而袁崇焕的尚方宝剑只能杀副将及以下的官员。高阳先生曾经提出，毛文龙既然已经服罪，袁崇焕不如将其带回宁远，安置在左右，这样东江将士担心主帅的安危，必定会出死力。但是难点有二，袁崇焕既担心不能将毛文龙擒拿到朝廷，又无法保证海路之中能安全抵达宁远；毛文龙到宁远之后，难保不会借力于朝中的奥援，掣肘于袁崇焕或重回皮岛。有此被软禁之恨，毛文龙回到皮岛，将会比现在还要难以控制。

第十二章　兵临城下

皇太极所图者险，袁崇焕所图者大。皇太极千里迂回，兵临京师城下；袁崇焕全力勤王，意图毕其功于一役。

皇太极精锐全出，如同魏延建议诸葛亮兵出子午谷一般，所行看似极险。但皇太极并非妄动，他深知长城一线除山海关外，其余地方则是“文恬武嬉”、武备不修。

袁崇焕先带关宁铁骑绕过皇太极，直抵京师。沿途设下重兵，对皇太极形成反包围。他计划使皇太极顿兵坚城之下，待关外的步兵和勤王之师会齐之后，合围之势已成，五年平辽大事可成。

皇太极利于速战速决，袁崇焕利于固守待援。时间成为战役成败的关键因素。袁崇焕飞马赶到，立营于广渠门外。金军料定袁崇焕必定来援，但看到关宁旗号，无不骇于其来何其速也。袁崇焕抢得先机。

来之能战，广渠门血战，令金军无不胆寒。可惜的是，思宗与朝臣“燕雀安知鸿鹄之志”，催战心急。兵临城下，唯知解围为上，不图远虑。

一

袁崇焕历数毛文龙的十二条罪名，有些确属牵强，比如第十条交接近侍，说的是魏忠贤之事。朝廷已定逆案，毛文龙不在其中，这不是袁崇焕所能过问的。况且即使是袁崇焕本人，在辽东巡抚任上，也为魏忠贤筑过生祠。

其余的诸条，如果严格军纪，确实可以请旨处斩。但想到日后的明军军官，不受管制、杀良冒功、克扣粮饷、任意渔色、掩败为功五项罪名，所犯者比比皆是。另外，私开马市、海上为盗、逼民掘参三条罪名，也只能由毛文龙来干犯，其他陆上诸将没有这种条件。但袁崇焕所统带的关宁铁骑，这种情况确实是很少见的。为了严明军纪，从军法而言，毛文龙确实当斩。但不应该由袁崇焕来斩，而从袁崇焕的解释来看，也只能由他来斩。

第三条罪名很厉害，叫做“人臣无将”。说的是毛文龙有逆反之心，他被登莱道弹劾的奏疏中，提到毛文龙自称“牧马登州取南京如反掌耳”。毛文龙确实与皇太极通过书信，甚至提到要金国“取山海关，我取山东，若从两旁夹攻，则大事成矣”。事成之后，“我不分疆土，亦不属尔管辖”。那毛文龙的目的是什么？要坐稳这镇守皮岛的海外天子吗？

毛文龙有此想法，可能就是因为朝廷要核其兵额，袁崇焕更要控制他的饷道。毛文龙感觉处处受制，但又辗转反侧，没有拿定主意，借机将金国派来的使者送到京师请赏。据朝鲜人的分析，“毛将在此，则享公侯之乐”，投敌之后“则为一虏，必不及李永芳矣”。而且，金国也不信任毛文龙。

在努尔哈赤时代，曾经有过斩杀毛文龙使者一事。毛文龙与皇太极初次下书，其使者也是有去无回。但毛文龙毫不死心，仍旧是汲汲于通使。李光涛先生分析，毛文龙之所以如此，为的是倾销囤集在皮岛的货物。在十年之后，清军攻下皮岛后，布匹银两仍如山积；而在十年之前，当更胜于此。

朝鲜对毛文龙积怨已久，如果毛文龙敢于投降，朝鲜当会发起攻势。这亦是李光涛分析毛文龙不敢降的最大原因。

第六条罪名是赐姓。当袁、毛见面，问起军中诸将的名字，大抵是毛可公、毛可侯之类的。袁崇焕很是惊异，问起来，毛文龙仍大大咧咧地说，“都是小孙”。后经查实，冠以毛姓的达到数千人之多。赐姓是皇帝的特权，比如大名鼎鼎的郑成功即被赐姓为朱，被称为“国姓爷”。

二

崇祯元年八月，山东总兵杨国栋曾列举毛文龙十大罪。当时，袁崇焕已到宁远，但肯定会从邸报中看到。从内容上看来，袁崇焕应该对杨国栋的奏疏有所借鉴。

毛文龙被杀之后，袁崇焕进行了祭拜，称前斩之是因国法，后拜之为同僚间的私谊。毛文龙的旧部大多“感泣”。

在杀毛文龙之前，袁崇焕亦曾向其旧部下拜，极称数年劳苦，众人也是“感泣”。正是这一“感泣”，使袁崇焕认为其众尚存忠君爱国之心，为立诛毛文龙又多了一层胜算。

袁崇焕在皮岛即刻上疏汇报思宗，讲述毛文龙有不得不诛之罪和不得不诛之势，但毛文龙是大帅，自己是“擅杀”，“席藁待诛，维皇上斧钺之，天下是非之”。接到奏疏，思宗也是吓了一跳，袁崇焕居然有此胆量。对于领兵在外的将领而言，“将在外君命有所不受”是一种理想的境界，但所逢之君为雄主，方能君臣遇合，如鱼得水。思宗是猜疑之主，袁崇焕知君不明。

但袁崇焕所图为国家大局，所谓善于谋国，而不善于谋其身。袁崇焕曾夫子自道，“予何人哉”，“父母不得以为子，妻孥不得以为夫，手足不得以为兄弟，交游不得以为朋友”，“大明国里一亡命徒也”。

尽管思宗很不满意，但事已至此，他还要指望袁崇焕五年平辽呢。故而他假以颜色，在六月十八日的上谕中，承认了袁崇焕对毛文龙的各项指控，并称“事关封疆安危，阃外原不中制”，不仅不必引罚，而且以后仍旧听由袁崇焕相机行事。

袁崇焕将东江分为四协，分别由陈继盛、毛文龙之子毛承祚、刘兴治、徐敷奏统领，以陈继盛为首。袁崇焕建议朝廷不再设总兵官的职务，以防尾大不掉，毛文龙之后再出一毛文龙。袁崇焕本当“扬帆遍历其地，稽查其兵马钱粮”，但是“离镇已久，强敌虎视眈眈，不宜久居于外”，故此将诸事委托给部属。

思宗一一同意，除了在京师中潜藏的毛文龙党羽外，一律不问。当时的朝臣中，认为袁崇焕是“谈笑之间诛之，以绝后患”、“立斩此弁，隐患消矣”。可惜在崇祯二年的己巳虏变之后，纷纷改口，成为袁崇焕的一大罪名。

皇太极得到消息，据《东华录》记载，称毛文龙被杀的罪名是“与我国私通”。在与毛文龙通信的过程中，皇太极也曾针对此威胁过，如果毛文龙不真心议和，将会向宁远及朝廷等处散布消息，使毛文龙身败名裂。毛文龙之死，皇太极尚不知是喜是忧，如果袁崇焕妥善布置，对金国的威胁将会远超毛帅。

三

皇太极对袁崇焕回书的理解是让其归还所占领的辽东土地和人众，这是难以接受的，因为这是两代人“凭力攻取，非尔恩赐也”，而且天下“非一人之天下，乃众人之天下也”。话说到这种程度，皇太极已经存有与明争天下之心，议和难以继续。袁崇焕的回书仍然模棱两可，议和之事“非三四人所能胜任，及三言两语所能了结者也”，并没有关闭和谈的大门，只是请“汗再思之”。

此时，皇太极已经断了和袁崇焕议和的念头，认为“我诚心和好，尔自大不从”，挑起兵端的责任在彼不在我。

皇太极决议再次伐明。但经由努尔哈赤首攻宁远，自己二攻宁远、锦州不下，两次失败之后，再度向宁锦一线进军，只能是第三次顿兵坚城，损兵折将。而且，袁崇焕这位取得宁远大捷、宁锦大捷的老对手的再次到任，必然不会让自己占到便宜。

但明不能不伐，现在的金国已经进退维谷。既然与明宣战，所占土地已数倍于伐明之先，辽河以东尽为所有；人数更是远胜以前，除女真人外，还有汉人、蒙古人。女真人以渔猎和与明人贸易为生，蒙古人则是游牧，辽西被俘获的汉人则形同奴隶，其耕作之人和耕作水平急剧下降，总之，金国人的经济只有靠劫掠，否则将会崩溃。

然自万历四十七年的萨尔浒之战以来，女真人下辽沈、攻广宁，一路高歌猛进，直到天启六年的折戟宁远城下。从哪里进军明国，是皇太极要解决的首要问题。幸运的是，皇太极此前发动了针对蒙古察哈尔部的战役，促使此部除降者外，大部西迁，使辽河以西、宁锦以北出现大片真空。

察哈尔部号称为明守边，尽管与明之间龃龉之事也是甚多，但毕竟能够呼吸相应。明与金的缓冲人物已去，缓冲地带却是极大增加。皇太极就是要利用这缓冲地带秘密行军，迂道伐明。由沈阳而北，再折向西，由此南下，一千余里的大迂回，以期达到奇袭的战略目的。

这一路线，是皇太极乃至所有女真人从未涉足过的。不过这次由归顺的蒙古人引路，自然能够一帆风顺。这是一次军事冒险，千里远征，走从未经过的路线，奔袭明朝腹地，三大贝勒代善、阿敏、莽古尔泰是勉强起行。唯一可倚仗的是皇太极的勃勃雄心，他要靠此一仗，打开和谈的僵局。皇太极要以打促和，证明山海关并不是明朝可以依靠的长城，舍此之外还有其他的途径。如果和平实现，皇太极完全可以依靠血战换来的条件维持国力。

四

皇太极迂道伐明是受了投降汉官的鼓动。尤其甚者是高鸿中，他在崇祯二年的一次上疏中，提到如果明朝不与金国真心和谈，“我无别策，直抵京师，相见情形，或攻或困，再作方略”。等到兵临城下的时候，明帝势必要与金国订立城下之盟，那时便可以漫天要价，“彼此称帝，以黄河为界”，这是最高目标；最低目标则是“以山海为界也罢”。

以黄河为界，或许皇太极没有那样大的胃口，但讲和势在必行。高鸿中是在天启二年的广宁之役中投诚的，当时属于辽东巡抚王化贞的部下。这些汉官都在教唆皇太极无日不以与明为仇，他们既然已背叛故国，在新国中站稳脚跟，就需要不停地进取。

皇太极于崇祯二年十月初二在沈阳誓师，开始了大迂回作战。一路上陆续汇齐了应召而来的蒙古各部。蒙古诸部依据道路的远近，依限而来。巴林部因为误期被责罚，更因为马匹羸弱而不为皇太极所喜。在出师之前，皇太极曾有命令，不准将马匹用于田猎，以备征讨之用。但蒙古诸部长期处于无组织、无纪律的状态，一时之间难以适应。皇太极暂记下巴林部的罪名，待班师后再议。

一个不和谐的音符出现在行军途中。大贝勒代善、三贝勒莽古尔泰在晚上亲自到皇太极的营帐劝其退师。理由是劳师袭远，如果不能够进入明边，到时候马疲饷匮，“何以为归计”；即使顺利进入，明人召集起各路勤王之师，则会出现寡不敌众的局面，而且明人抄了后路，“恐无归路矣”。这确实是出于较为稳妥的考虑。

皇太极生气的不是两位贝勒的进言，而是他们进言的时机。既然有此万全的考虑，奈何不在出师之前明说。当时的国政，皇太极相当于盟主，三大贝勒有很大的发言权。皇太极所气正在于此，蒙古盟军业已就位，三军集结，征战在即，如果此时听了二位贝勒的“劝谏”回师，自己的威权将极大削弱。这是给皇太极难堪。代善和莽古尔泰为何在此时进言，目的何在？他已经很难说清，但在皇太极眼中，明摆着是在拆自己的台。

由此可见，皇太极此行确实是在行险，即使代善和莽古尔泰起初同意，在行军途中是越走心中越忐忑，这毕竟是金军有史以来路途最远的一次奇袭。与远征朝鲜不同，朝鲜的国力、军力要远弱于明，这次深入庞然大物的明的腹地，难怪代善与莽古尔泰临时变卦。

五

哥儿仨一阵争吵，一直闹到半夜，不欢而散。此时的亲近大臣已经得到消息，在代善、莽古尔泰离开后，岳托和济尔哈朗走进寝帐，来觐见皇太极。此时的皇太极满面铁青，显然是余怒未消。看到自己的亲信过来，皇太极无奈地表示要听从代善和莽古尔泰的意见，待明日传令回军。在此紧要关头，岳托和济尔哈朗等人给予了皇太极重大支持，岳托斩钉截铁地表示“否”，并与济尔哈朗一起向皇太极分析战局，认为大有可为。渐渐地，皇太极面色转和，三人一直商议到天明。

以岳托和济尔哈朗为首的少壮派贝勒支持自己，令皇太极的心中极感安慰。皇太极又令八旗固山额真到代善、莽古尔泰的营帐进行劝说，两人终于同意按原计划进军。皇太极指使固山额真前去，目的是制造一个缓冲层，避免贝勒之间的高层冲突。

皇太极的心中还是有一定胜算的，因为依据投降汉官的情报，已经深知明朝一路边防，除了宁锦山海关一线外，其余地方都是纸老虎，“兵马羸弱，钱粮不敷、边堡空虚、戈甲朽坏”。这是皇太极绕道入明后投诚的马光远所说，马光远时任建昌路参将，亲临其事，所见必真。同样，根据朝鲜使者的记录，的确如此，“关以内则更无屯兵处”，“戒备全疏。”

马光远是事后之言，朝鲜使者的记录皇太极肯定是看不到的，但皇太极手下拥有众多投降的汉官，这些情报未必不会不知道，否则岂不是羊入虎口。

既然大家取得一致意见，皇太极宣布命令，进行了战前的最后一次总动员。他对于此次深入明边，显得极为谨慎，要求官兵“勿食明人熟食”，因为听说山海关内多鸩毒。至于前面所说的勿淫人妻女，勿拆庐舍之类的，可以断定完全是后人的粉饰之词。金人改变此陋习，是在改国号大清之后，多尔衮在崇祯十七年进关时，听从洪承畴、范文程的劝谏才有所收敛，但为时很短，后来西征李自成、东南征南明、西南征张献忠，又故伎重演。

皇太极下令由济尔哈朗、岳托率领右翼从大安口入，阿巴泰、阿济格率领左翼从龙井关入，皇太极则与代善、莽古尔泰率领中军由洪山口入，三路大军的会师地点定在遵化城。这几处都是蓟辽总督刘策和顺天巡抚王元雅的辖区，遵化城即是巡抚的驻地。此时已是十月二十四日，距离沈阳誓师已经二十余日。

六

刘策履新不足四个月，他接手的是一个烂摊子。前任巡抚王应豸因为克扣军饷，被士卒包围于衙门内不能动弹。幸亏兵备道徐从治单骑驰入，暗布甲兵于外，参与闹饷的士卒既得到徐从治承诺，也担心事情闹大了不好收场，便应声而散。

事情本来到这里已经算是圆满解决了，可是王应豸以堂堂巡抚之尊被困在衙门内，觉得颜面尽失，他想出了非常阴损的一招：在士卒的饭菜内下毒。可能是有人看不惯这种卑劣的手段，偷偷地将此事泄露了出去。这一下，士卒们可不干了，军中大乱。这回，士卒站稳了脚跟，事情闹到了朝廷，王应豸以克扣军粮的罪名被逮论死，毕竟毒杀士卒的罪名提出来令人齿冷，也丢尽朝廷的脸面。

三路大军进展顺利，于四日后即二十八日按计划会师于遵化城下。金军的行动，明朝的边吏是何时知道的？按照马光远事后的说法，“又见探报夷情紧急，彼时即知我金兵有突犯蓟门之意”。如同地震一样，金军的这次进攻也是有所兆的。

早在崇祯元年，朝臣和袁崇焕就建议加强蓟州一带防御的建议，因为关外的蒙古被金军赶走西迁，山海关以西就完全暴露在金军的面前，尽管路远也不得不防。但是此时的朝政对于边防早已是捉襟见肘，只能是头痛医头脚痛医脚，哪里紧急先顾哪里，大同宣镇因蒙古西迁带来麻烦，山海关是防金要冲，哪里顾得上一直平安无事的蓟镇。

朝中和袁崇焕谋的是远略，建昌路参将马光远则是有所预见，他将自己汇集的各种情报详细禀报给督抚镇三大衙门。马光远认为自己的情报极具价值，满希望能够被采纳，施展一番报复，可惜的是“文官爱钱、武官忌妒”，热脸贴了凉屁股，马光远只能“每日抱闷，仰天长叹而已。”

马光远一句话囊括了负责蓟镇防务的几位大僚，蓟辽总督刘策、巡抚王元雅、三屯营总兵朱国彦，不听劝谏，高卧而不知敌将至。

袁崇焕得到消息是在十月二十九日，当即派定兵马，于十一月三日出关。辽东兵马中，山海关总兵赵率教距离最近，在得到袁崇焕将令之前，已率领四千精兵疾驰赴援，三昼夜急行军三百五十里赶到三屯营。此时，袁崇焕已经有了全盘方略，即派游击将军王良臣驰书往谕，可惜的是已经赶不上一心报国的赵率教了。

七

三屯营总兵朱国彦不知打的什么主意，竟然不准赵率教入城休整。兵马疲惫的赵率教只得挥兵西进，中途遇到埋伏，苦战四昼夜，被阿济格斩于马下，四千精兵全军覆没。

而此时遵化城已经落入敌手，巡抚王元雅上吊自尽。三屯营的守军于金兵临城之前，便在副将朱来同的带领下纷纷潜逃。朱国彦气愤之余，将逃跑之人的大名写在榜上贴到大街上，然后投缳自尽。朱国彦如此，已知其无能为也。

在崇祯元年，袁崇焕曾请以王威驻扎，防止金军从遵化入边，但兵部尚书王在晋拘以文法，认为王威刚挂弹章，不肯从崇焕之请。王威于《明史》中无传，散见于其他人的本传中也是一笔带过，但在任延绥总兵时称其为“一时之选”，可见其为将才。如果当时能够听从袁崇焕的建议，遵化一城必不会轻易易手。

金军入关不足十日，便已斩却袁崇焕视为左膀右臂的赵率教，实在是令人痛惜。袁崇焕在奏疏中提到，自己五年平辽所倚仗者就是山海关总兵赵率教、宁远总兵祖大寿、中军副将何可纲三人，如果不能做到五年平辽，袁崇焕就会手刃此三人，然后自杀谢罪。现在，五年平辽方略推行方一年有余，赵率教便已“出师未捷身先死”。

袁崇焕对于金军的此次入侵，也同样抱有绝大的希望，认为五年平辽可以毕其功于一役。他的方略是自己越过金军战守的蓟镇一带，先守住京师，然后由京师往东，利用沿途留下的兵马和陆续赶到的勤王之师，对金军形成合围，让金军有来无回。此次金军的进攻，已经纠合了全国的精锐，如果全歼于内地，金国不仅元气大伤，其立国之基将会产生根本性的动摇。之后，再由宁锦一线兴师，真如摧枯拉朽一般。

袁崇焕一路布置，除山海关外，建昌、永平、迁安、丰润、玉田、蓟州、昌平、三河、密云，顺时针方向组成一个包围圈，自己带领九千精兵赶赴京师。皇太极也看穿了袁崇焕的意图，在攻取三屯营之后，不在蓟州一带恋战，急行军一路往西。

到底还是袁崇焕快了一步，赶在皇太极之前在京师城下安营扎寨。但是，理解袁崇焕宏大战略的人并不多，他们看到的是敌军未至，而我军先至，形同于为敌前驱，引敌来攻。随着金军在城外的烧杀抢掠，这种意见更是甚嚣尘上，尤其是那些在城外有庄田的亲贵外戚和有权势的太监，自己的财产遭受损失，这笔账便记在了袁崇焕的头上。

八

直到第二日，思宗才得到遵化失守的消息，他对兵部尚书王洽非常不满意，他认为兵部的情报工作做得太差，按照驿递的要求，遵化的军情应该当日就能知晓。王洽长得高大威武，任县令时百姓视之若神明。思宗看重的也是他这一点，典型的以貌取人，将其从工部右侍郎提拔为兵部尚书。王洽适合行政，并不适合担任中枢。在得到金军入侵的消息后，思宗下旨戒严，王洽一面加强京城的防守，一面命令各地大兴勤王之师。

金军来袭的消息像瘟疫一样蔓延，有机会出逃的人便不会错过。据温体仁的家信显示，当时“人情汹汹，南窜几半”，唯独是携家眷者不得出城，有些人的女眷女扮男装，或者藏在箱笼之内，但基本上都被搜检而出，“可叹可笑”。因为没有荣任辅臣，温体仁对当时的内阁极尽嘲讽之能事，但也说明了当时的实际状况。他认为城防布置更是乏善可陈，“戒严半月，唯独老弱营军鹄立风霜之中，日夜冻死百余人而已”。

驻守京师的主要是三大营，后虽屡有变更，但基本如此。京营的最高指挥官一般由勋臣担任，兵部有专门的戎政尚书负责，是实权派人物；但戎政尚书的权力往往会被得势的太监架空。这些营军大部分会被派到权贵之家服役，操练完全谈不上。营军之弊屡屡会被提及，但承平日久，也没人认真地当回事，经常是略一整顿马上又故态重萌。

营军之外，还有一支部队很是奇怪，遭逢乱世，其事就有些乖方。庶吉士金声力荐一个名叫申甫的和尚有奇才异能，可剿灭金兵。明视女真，往往以宋金为鉴，但在任用申甫这件事上，却如当年宋徽宗父子起用郭京一般。申甫得到的官职是副将，金声被提拔为御史监视申甫的军队。申甫的军队是召集的京城市井无赖，与郭京的兵源无二。组建成军，刚刚升任辅臣的成基命曾奉旨检阅，回来后对思宗言其不可用，但思宗不为所动，希望申副将能侥幸成功，仍旧下旨申甫的部队出城驻扎。

十一月二十日，皇太极以英俄尔岱及李思忠、范文程防守遵化。英俄尔岱在努尔哈赤时代，曾追斩以骁勇出名的蒙古巴图鲁阿布尔，为功勋卓著的老将。李思忠是宁远伯李成梁的侄子，是李氏家族中最早投降努尔哈赤的，时在万历四十六年，努尔哈赤偷袭抚顺之役中。在努尔哈赤攻克辽阳之后，大部分的李氏族人都是他所招降的。范文程日后被称为大清第一文臣。有此三人当此，再统以贝勒杜度，皇太极尽可以放心西进。

皇太极兵分两路抵达京师的北部和东部，皇太极亲任右翼，率大贝勒代善，贝勒济尔哈朗、岳托、杜度、萨哈廉等，他们进攻方向为京城北面德胜门；左翼为大贝勒莽古尔泰，率阿巴泰、阿济格、多尔衮、多铎、豪格等，他们进攻方向是东南面的广渠门。

九

京城的城防空虚、守军素质极差，在敌军到来之前的十一月十七日，工部尚书张凤翔与兵科给事中陶崇道亲到城头检查火器，发现“有其具而不知其名，有其名而不知其用”，不仅士卒“百无一识”，就连将领也同样“皆各茫然”。明与金战，取得宁远大捷和宁锦大捷的袁崇焕，靠的就是“坚城大炮”。堂堂京师，不仅城墙年久失修，其作战的垛口不中式，守城的利器也同样成了摆设。

从一定意义上而言，这也怪不得守军。因为明朝的规制，兵部掌管军令，五军都督府掌兵，太仆寺管马，而火器竟然掌握在太监手中。钱财美色，是对男人极大的诱惑。这批刑余之人既对美色无兴趣，转而对钱财的兴趣远过常人。如果见不到贿赂，这些火器宁可在库房中生锈，也不发给军士训练。事到临头，难怪官兵茫然无识，甚至在实战中因调不准准星，炮弹直落在满桂军中。

太监的鬼心眼极多，将此罪过转嫁到工部尚书张凤翔身上，被责以坐军械不具下狱，因此四个司的郎中当场杖死三个。

如果不是袁崇焕、满桂还有宣府总兵侯世禄先期抵达，京师能否守得住还是一个疑问。袁崇焕部在东南的广渠门摆阵迎敌，满桂部则驻扎在北部的德胜门，双方都有一场激战，后袁崇焕部又在东南角的左安门与金军一场混战。经三场较大规模的攻防战，双方暂时处于胶着状态。当时有人记载，经此战，京城人心方定。

袁崇焕到达京师后，被授予指挥各路勤王师的全权，这显示了思宗对袁崇焕的信任，但他又不准袁崇焕入城休兵，这也显然是受到了亲贵外戚和太监谗言的影响。与之相比，满桂的待遇较优，被准许到瓮城内歇马。

在与袁崇焕同时被入城召对时，袁崇焕是被用吊篮缒上城头的，满桂则是由德胜门乘马而入。堂堂督师，尽管外有敌兵，但城外皆关宁铁骑，思宗可能担心的不是金兵而是担心一旦城门开启，辽兵辽将会一拥而入。防己之心甚于防敌。而且在召见时，思宗令满桂脱去外衣，看其累累伤痕，以证其血战之功。

实际上，满桂所部骁勇善战，但军纪很差，甚至对申甫营弯弓相向，致使申甫手下这些毫无经验的乌合之众一夜数惊。在日后的战斗中，应了成基命的前言，申甫手下刚一接战，便四散奔逃，成为敌人的笑柄。

北京城战云密布。

明成祖定都北京为的是“天子守边”。但在王朝强盛之时，率师出边，的确是很好的方略；难的是采取守势之后，长城关隘一旦失守，京师便暴露在敌方的铁骑之下。